Erdmann Kühn

Jascheks Reise

Ein Reisekrimi als Roadmovie

Bibliografische Information der Deutschen Nationalbibliothek: Die Deutsche Nationalbibliothek verzeichnet diese Publikation in der Deutschen Nationalbibliografie; detaillierte bibliografische Daten sind im Internet über dnb.dnb.de abrufbar.

Erdmann Kühn:
Jascheks Reise
1. Auflage 2011
2. neubearbeitete Auflage
© 2016 Erdmann Kühn
Alle Rechte vorbehalten
Umschlag: Tara Otto, www.taraotto.com
Korrektorat: Nadja Koob
Herstellung und Verlag:
BoD - Books on Demand, Norderstedt
www.ErdmannKuehn.jimdo.com
ISBN 978-3-7431-1556-9

Du machst Gesicht, Jung,
mein Lieber, mein Lieber!
Fernando, Odeceixe / Portugal

In deinem Kopf, Jaschek, da ist alles drin.
Und wenn du den benutzt, dann
kommen erstaunliche Dinge ans Tageslicht.
Die Bilder waren in deinem Kopf, Jaschek.
Pagnol, Marseille

*Am Ende des Buches befindet sich eine **Reisekarte**
als Überblick über den Reiseverlauf
und ein **Inhaltsverzeichnis**.*

Madeleine

Hinterher ist man immer klüger. Hätte er doch bloß nicht an diesem blöden, potthässlichen Autobahnrasthof bei Dijon angehalten! Der Sprit hätte bestimmt noch bis zur nächsten Tankstelle gereicht. Aber er hat schlechte Erfahrungen gemacht. In einer längst vergangenen Zeit, in der er noch jung, übermütig und voller Gottvertrauen war. Einer Zeit, in der er ständig mit irgendeiner leer gefahrenen Schrottkarre an den unmöglichsten Orten gestrandet war. Er hat einfach Panik davor, irgendwo ohne Sprit liegen zu bleiben. Und dann auch noch im Ausland. Die Tankanzeige ist noch nicht bei Null, aber sie blinkt schon. Also nichts wie raus und nachgetankt.

Es regnet in Strömen. Dabei ist angeblich Hochsommer. Aber davon spürt er nichts. Das entscheidende Kriterium dafür, ob wirklich Sommer ist, ist doch, ob man die Socken aus hat. Er hat sie an. Auf der ganzen Fahrt hat er von Eifel, Lothringen, Burgund kaum etwas gesehen, nur Regen, Nebel und die kratzenden Bewegungen des Scheibenwischers auf der Frontscheibe. Er schlägt den Kragen seiner Jeansjacke hoch und steigt aus. 95 Oktan? 98 Oktan? Verflixt, immer die gleiche Schwierigkeit. Warum steht da nicht Super? Aber Normal gibt's ja nicht bei französischen Autos. Also muss 95 Super sein, was auch immer dann 98 sein soll. Er tankt den alten Fiesta voll. Dann durch den Regen rüber zur Kassiererin im Glashäuschen. „Trois!" Er hasst lange Sätze, besonders auf Französisch. Er liebt die französische Sprache und lauscht gerne ihrer Melodie und Dramatik. Aber beim Sprechen hat er eine schwere Zunge und einen ziemlich eingeschränkten Wortschatz. Bestellen, bezahlen - das geht, aber für richtige Unterhaltungen und ganze Sätze ist sein Französisch zu schlecht. Leider.

Auf der Anzeigetafel erscheint der Betrag: 53,42 €. Er reicht seine EC-Karte durch das Glas und wartet darauf, seine Geheimzahl eintippen zu können. Ab und zu überfällt ihn heißkalt aus dem Nichts die Befürchtung, er würde irgendwann einmal am Schalter stehen und die Nummer wäre aus seinem Hirn getilgt. Nein, er weiß sie noch. Beruhigend. Aber der Apparat streikt anscheinend. Das blasse Mädchen hinter dem Glas murmelt „Désolée!" und beginnt die Prozedur von vorne. Nach dem dritten vergeblichen Versuch erklärt sie ihm etwas auf Französisch, das nur bedeuten kann, dass seine Karte nicht funktioniert. Er kramt in seinem Portemonnaie, bekommt aber nur etwas mehr als 40 Euro zusammen. Er hat zu Hause völlig vergessen, seine Bargeldkasse aufzufüllen und sich ganz auf seine Karte verlassen, die bisher immer reibungslos funktioniert hat. Das blasse Mädchen sagt weitere wohltönende Dinge, die er nicht versteht und hantiert noch einmal mit seiner Karte, reibt den Magnetstreifen vorher an ihrem Sweatshirt blank. Wieder ohne Erfolg. Jetzt zuckt sie mit den Schultern, das Lächeln ist inzwischen aus ihrem Gesicht verschwunden. Auch bei ihm breitet sich langsam Nervosität aus. Wie soll es jetzt weitergehen?

Aus dem regengrauen Hintergrund des Tank-Kiosks hat sich eine Gestalt gelöst, die näher kommt. „You have any problem?" fragt eine weibliche Stimme in wunderschönem französischen Englisch. Jaschek schaut zur Seite und sieht einen roten Lockenkopf mit lustig blitzenden Augen. Er erklärt, was sein Problem ist. Die junge Frau strahlt: „That's no problem!", zieht einen Zehn-Euroschein aus ihrer Jeans und reicht ihn Jaschek herüber. Der bedankt sich vor Verlegenheit und Freude auf Englisch und Französisch gleichzeitig, bezahlt seine Tankrechnung beim blassen Kassenmädchen, das jetzt auch wieder strahlt, und fragt seine Retterin, wie er das wieder gutmachen könne. „Oh, my friend and I have to be in Sète tonight and need a lift. Can we go with you?"

Das wiederum ist für Jaschek gar kein Problem, er fährt ja allein und freut sich über nette Gesellschaft, die ihn bis zum Mittelmeer wachhalten wird. Was ihn kurzzeitig etwas irritiert, ist die Tatsache, dass der Freund bei Jascheks Fiesta steht und auch das Gepäck schon vor dem Kofferraum aufgebaut hat. Aber beide, die Lockenfrau und ihr Freund, sind von einer so entwaffnenden Freundlichkeit, dass Jascheks Bedenken schnell verfliegen. Madeleine, so heißt die Frau, setzt sich zu Jaschek nach vorn. Julio, ihr Begleiter, teilt sich die Rückbank mit seinem Seesack und Jascheks Gitarre. Madeleine und Julio sind ausgesprochen amüsante, anregende und aufmerksame Konversationspartner - wie geschaffen, um Jaschek die lange Fahrt auf der Autobahn in den Süden zu verkürzen. Die Kilometer scheinen dahinzufliegen und seine Stimmung wird immer gelöster und fröhlicher.

„Hey, Jaschek, is that your real name?"

„I'm only Jaschek, everybody calls me so."

„It sounds not very German."

„My grandfather's father came from Poland."

Jaschek weiß bald alles über Madeleines fünf Brüder und Julios Weltreisen und erzählt ihnen von seiner Arbeit als Redakteur und von seinem Freund Schorsch, der schon im Ferienhäuschen am Herault auf ihn wartet. Madeleine versteht es immer wieder, das Gespräch in Gang zu halten. Sie hat eine glockenhelle Stimme, die nie schrill wird, sondern sich angenehm und leicht in Jascheks Gehörgänge schmeichelt. Mehrmals ertappt sich Jaschek dabei, der Melodie ihrer Stimme zu lauschen und dabei den Inhalt zu vernachlässigen. Madeleine scheint das zu bemerken und fragt nach:

„Hey, Jaschek, are you sure you're listening to me?"

„I'm listening to every single word you say, Madeleine. But sometimes I listen to your melody and then I miss some words. Sorry!"

„You're listening to my melody? That's funny, Jaschek!"

Hier mischt sich Julio von hinten ein: „If Jaschek is listening to your melody, you might as well sing!" Jaschek schmunzelt, Madeleine blinzelt fragend zu ihm hinüber und fängt direkt an zu singen, einfach so, was ihr gerade in den Sinn kommt. Bald fällt Julio von hinten mit einem sanften Bariton ein und Jaschek summt den Bass dazu. Bei einem Lied kann er sogar mitsingen, das hat er früher mit seinen Kindern im Urlaub oft gesungen: „Un kilomètre à pied, ça use, ça use, un kilomètre à pied, ça use le solier ..."

Jaschek ist glücklich und in bester Ferienlaune. Der Regen hat, wie so oft hinter Lyon, inzwischen aufgehört, die Abendsonne bescheint die provenzalischen Berge, Burgen und Dörfer und verzaubert sie mit ihrem rotgoldenen Licht. Gleich klumpenweise fällt der Alltagsstress und die Anspannung der letzten Monate von Jaschek ab und löst sich wie das schlechte Wetter in der Abendsonne in Wohlgefallen auf. Er genießt diese Fahrt Kilometer für Kilometer, von ihm aus könnte sie immer so weitergehen. Wie lange ist das her, dass er das letzte Mal Tramper mitgenommen hat? Jahrzehnte bestimmt! Es gibt ja kaum noch welche. Und dann gleich so ein Glücksgriff! Zwei junge Leute, die eine so ansteckende Art von Fröhlichkeit ausstrahlen, dass man wie verwandelt wird. Jaschek fühlt sich schon auf der Hinfahrt zu seinem Urlaub vollständig erholt.

Madeleine dreht jetzt das Autoradio an. Jaschek fragt sie, ob sie nach „travel information" suche und überlegt, was Stau wohl auf Englisch heißt. Madeleine lacht ihr kleines, übermütiges Lachen und sagt: „You need travel information?" Dabei blitzen ihre Augen hell auf. „Ask me, I give you travel information: The sun is shining, the view is fantastique, and on the 'Autoroute du Sud' there is a little German car on its way to the big ocean with a very nice and good-looking German driver called Jaschek" - jetzt zieht sie die Nase kraus und versucht, ihre Stimme ganz tief zu machen - „who has a very dark voice."

Jaschek merkt, wie er rot anläuft. In seinem Alter, mit über 50, bekommt man nicht mehr allzu oft Komplimente. Genauer gesagt, so gut wie gar nicht mehr. Wenn man mal absieht von so seltsamen Bemerkungen wie: Man hätte sich ganz gut gehalten für sein Alter. Sein ehemals dunkelbraunes Haar ist inzwischen silbern, das gibt ihm immerhin etwas Seriöses, okay. Aber um die Hüften hat sich ein kleiner Rettungsring abgelagert, den seine

Frau Jule liebevoll „Hüftgold" nennt. Auch sein Bäuchlein verrät, dass er gerne gut isst und trinkt. Beim Baden zieht er sein T-Shirt erst immer ganz zum Schluss aus, weil ihm Hüftgold und Bäuchlein peinlich sind. Aber das sieht Madeleine ja jetzt nicht, alles ist schön verpackt unter dem weiten T-Shirt.

Jaschek lächelt und antwortet: „But he's not alone in his little red German car, there also are a nice young man with black curls and the prettiest French girl you can imagine. She has a sweet voice which makes your heart singing all the time ..."

Madeleine strahlt ihn an und gibt ihm einen dicken Kuss auf die rechte Wange. Jaschek läuft zum zweiten Mal rot an, während Madeleine zwitschert: „Oh yes, singing!" und den Senderknopf des mittelalterlichen Radios weiterdreht, bis sie gefunden hat, was sie sucht: „Ella elle l'a - dü dü di dü, dü di dü, Ella elle l'a" singt sie aus vollem Hals mit France Gall zusammen. Julio und Jaschek bilden dazu den Background-Chor.

Kurz hinter Montpellier macht Madeleine den Vorschlag, von der Autobahn abzufahren und auf der Landstraße weiter bis Sète zu fahren. Dort soll Jaschek die beiden absetzen, damit sie mit der Fähre nach Marokko übersetzen können. Jaschek würde dann von dort aus noch etwa eine halbe Stunde brauchen, bis er beim Ferienhaus seines Freundes ist. Den kleinen Schlenker nach Sète macht er natürlich gerne, weil er Madeleine nicht nur zehn Euro schuldet, sondern jeden erdenklichen Gefallen tun würde, Hauptsache, sie bleibt hier noch ein bisschen neben ihm im Auto und zwitschert. Julio scheint es gewohnt zu sein, sich diskret im Hintergrund zu halten. Er zeigt jedenfalls keine Anzeichen von Eifersucht. „Blöder Gedanke, bloß weil er Sizilianer ist, muss er ja nicht sofort ein Messer zücken, wenn seine Freundin mich küsst!" murmelt Jaschek vor sich hin. „Dit-moi, what did you say?" flötet Madeleine. Jaschek wird zum dritten Mal rot und stottert, er habe „bloß laut gedacht".

Um abzulenken, fragt er, wie weit es bis zur nächsten Ausfahrt ist. „Wir fahren nicht an der Ausfahrt raus, das ist zu teuer!" verkündet Madeleine fröhlich. Gleich käme rechts eine große Baustelle, und eines der Baustellentore sei abends meistens nicht abgeschlossen. Sie hätten diese kleine Abkürzung schon öfter benutzt und dabei viel Geld gespart, denn die Autobahngebühren seien doch wirklich unverschämt hoch. Das findet Jaschek auch, aber er weiß nicht recht, ob er sich auf dieses Spiel einlassen soll, dafür ist er eigentlich etwas zu alt und zu ängstlich. Da fällt ihm siedend heiß ein, dass er ja kein Geld dabei hat und seine Karte streikt. Er m u s s sich darauf einlassen, er hat gar keine andere Chance!

Alles geht gut so weit: An der besagten Stelle fährt er langsam rechts auf den Standstreifen hinüber, Madeleine hält Ausschau nach dem Tor. Da ist es! Jaschek stoppt und stellt die Warnblinker an. Sein Herz klopft bis zur Halsschlagader. Julio springt aus dem Auto und öffnet das Tor, das tatsächlich unverschlossen ist. Jaschek lenkt sein Auto mit zitternden Händen hindurch und wartet dann auf Julio, der das Tor wieder schließt und ins Auto hüpft. Jaschek schaut sich noch einmal um. Kein Auto ist stehen geblieben. Der Verkehr rauscht in beiden Richtungen ganz normal vorbei. Sein heftig hüpfendes Herz beruhigt sich langsam wieder. Langsam fährt er auf dem sandigen Baustellenweg weiter, Madeleine dirigiert ihn.

Nur noch da vorne um die Ecke, dann sind sie schon auf der Landstraße. Jascheks Hände zittern immer noch ein bisschen. Madeleine lacht: „Poor Jaschek, don't be afraid! It's not illegal, you just have no money!" Um ihn zu trösten, legt sie ihre linke Hand auf seine rechte, die sich ans Lenkrad klammert. Jaschek lächelt tapfer zu ihr hinüber, fährt um die Kurve - und da stehen sie, mit Blaulicht!

Madeleine schreit „Zut!" und ist blitzschnell aus dem noch ausrollenden Auto gesprungen. Julio versucht das gleiche hinten mit dem Seesack, stolpert aber und bleibt neben dem Auto liegen. Im Nu sind die beiden Flics da, kaum hat Jaschek den Motor ausgeschaltet und die Handbremse gezogen, hat schon einer mit gezückter Pistole die Tür aufgerissen und schreit Jaschek an. Der versteht kein Wort, hebt aber vorsichtshalber beide Arme nach oben und klettert vorsichtig wie in Zeitlupe aus seinem Wagen. Der andere Polizist hat inzwischen Julio, der immer noch am Boden liegt, Handschellen angelegt und rennt in die Richtung, in der Madeleine verschwunden ist. Auch Jaschek werden jetzt die Arme auf den Rücken gerissen, das tut höllisch weh, und mit einem hässlichen metallischen Klick schnappen die Handschellen zu.

Beide Männer werden in das Polizeiauto gebracht, in dem es dermaßen stickig ist und nach Schweiß stinkt, dass Jaschek übel wird. Während der Polizist sein Auto inspiziert und alles Gepäck aus dem Inneren hinaus in den Sand wirft, flucht Julio in einem fort und schüttelt immer wieder den Kopf. Plötzlich hält er inne, schaut zu Jaschek hinüber und sagt: „I hope she is fast enough. They should not catch her!" Jaschek nickt zustimmend und fängt wieder an zu zittern, gleichzeitig ist ihm hundeübel vor Angst und vom Schweißgeruch. Der Flic hat nach einer Weile anscheinend erfolglos sein Reisegepäck durchwühlt, schleppt nun den Seesack heran und fragt Julio, ob das seiner wäre. Julio bejaht. Während der Polizist den kompletten Inhalt in den Sand kippt und darin herumwühlt, fragt Jaschek leise seinen Nachbarn: „Is there anything illegal in there?"

„Oh, not really. Only drugs, lots of medicine and stolen passports..."

Auf Jascheks entsetzten Blick hin lächelt er beschwichtigend und flüstert: „Sorry, it was a joke! No drugs."

Jascheks Gesicht ist jetzt kalkweiß, er muss würgen und übergibt sich, bevor er ohnmächtig auf seinem Sitz zusammensackt.

Als er wieder zu sich kommt, liegt er auf der Seite vor dem Polizeiwagen im Sand. Sofort erkennt Jaschek, wo der beißende Schweißgeruch herkommt: Der zweite, dicke Polizist ist zurück, steht direkt neben Jaschek, und stinkt erbärmlich. So erbärmlich, dass es sogar den scharfen Geruch von Kotze auf Jascheks Klamotten übertönt. Der Dicke scheint sehr wütend zu sein und tritt auf Julio ein, der ebenfalls auf dem Boden liegt, ein Stück weiter weg von Jaschek. Julio scheint das nicht allzu viel auszumachen, ja er zwinkert Jaschek sogar zu und formt mit seinen Lippen den Namen „Madeleine" und spitzt dann den Mund, als wolle er pfeifen. Jaschek versteht sofort: Madeleine ist dem Dicken davongeflogen, das macht den so wütend, und wahrscheinlich auch die Tatsache, dass der Polizeiwagen vollgekotzt ist.

Inzwischen trifft Verstärkung ein: Ein großer Kastenwagen und ein Abschleppwagen, der Jascheks Fiesta an den Haken nimmt, sind gekommen. Julio und Jaschek werden in den Kastenwagen gebracht und dort festgekettet, zwischen ihnen sitzt der Dünne, Dickerchen ist anscheinend dazu verdammt, den Stinkewagen alleine zu fahren. Während der Fahrt nach Montpellier hat Jaschek kaum noch Gelegenheit, mit Julio Kontakt aufzunehmen, aber er ahnt schon, dass der mit seiner Bemerkung über „stolen passports" und „medicine" keine Scherze gemacht hat, so martialisch, wie sie beide hier behandelt werden. Und eigentlich will er es auch gar nicht so genau wissen, er will bloß raus aus diesem Wagen, endlich aufwachen aus diesem schlechten Traum. Er wacht tatsächlich auf, als die Schiebetür eine verschlafene Viertelstunde später aufgerissen wird, der Dicke etwas Unverständliches bellt und Jaschek und Julio aus dem Wagen zerrt.

Montpellier

Jaschek lässt alles über sich ergehen: Fingerabdrücke, Fotos, Fragen und Aufforderungen, die er meistens nicht versteht und mit: „Je suis Allemand. Je ne comprends pas!" beantwortet. Englisch spricht man hier nicht oder man will es nicht sprechen. Wer nicht Französisch kann, hat ein Problem. So ist das eben, wenn man in Frankreich straffällig wird, denkt Jaschek. Er fühlt sich fast willenlos, wie ein Automat. Oder besser wie ein Schauspieler, der den schlechten Film, in dem er spielt, nicht so richtig versteht. Sein Handy hat man ihm abgenommen, der Akku ist wahrscheinlich sowieso leer. Man hat ihn schließlich in eine dunkle Einzelzelle gesteckt, die stark nach Desinfektionsmittel riecht. Das übertüncht etwas den säuerlichen Geruch seines T-Shirts und tröstet ihn ein wenig: Hier tut man etwas für die Hygiene!

Er legt sich auf die Pritsche und versucht zu schlafen. Dies gelingt ihm nicht, ständig kreisen die Gedanken in seinem Kopf wie ein Fliegenschwarm: Wie ist er bloß hier hineingeraten in diese Polizeizelle in Montpellier? Und wie kommt er hier wieder heil heraus? Wie kann er seine Unschuld beweisen? Sind Madeleine und Julio Kriminelle? Haben sie versucht, gefälschte Pässe und Medizin nach Marokko zu schmuggeln? Wozu? Und was hat er damit zu tun? Er muss dringend nach Hause telefonieren. Und er muss versuchen, seinen Freund Schorsch zu erreichen, der wird hierher kommen, der kann gut Französisch, der ist Rechtsanwalt, der kann ihm aus dieser fürchterlichen Situation heraushelfen.

Nachdem er diese Gedankenkette einige Dutzend Male durchgegangen ist, schläft er schließlich vor Erschöpfung ein. Er wird geweckt, als ein Mann die Türe aufschließt und ihn mit „Bonjour Monsieur!" begrüßt. Das erste freundliche Wort, das er hier hört. Jaschek erwidert den Gruß und setzt sich auf seiner Pritsche auf. Der Mann stellt sich als Kommissar Rozin vor und spricht sehr langsam und freundlich, wiederholt, was Jaschek nicht versteht und hilft ihm sogar ab und zu mit ein paar Brocken Englisch auf die Sprünge. Er fragt nach Madeleine und Julio und Jaschek versucht, so gut es geht, ihm auf Französisch und Englisch die kurze Geschichte ihres Zusammentreffens zu erzählen.

Jaschek ist manchmal nicht sicher, ob der Kommissar wirklich alles versteht, aber Rozin lässt sich nichts anmerken und wird auch nicht ungeduldig, wenn Jaschek länger für seine Erklärungen braucht. Jaschek hat den Eindruck: *Dieser Mann hat Verständnis für meine Situation, der glaubt nicht, dass ich irgendetwas mit kriminellen Machenschaften zu tun haben könnte.* Nur das Ende scheint ihm gar nicht zu gefallen: Warum Jaschek denn um Himmels Willen die Autobahn verlassen habe, ohne zu bezahlen? Das fragt er mehrmals. Jascheks Antwort, er habe kein Geld gehabt, sein letztes Geld habe er beim Tanken in Dijon ausgegeben, will er nicht so recht glauben. Ob er denn nicht gewusst habe, dass dieser Piazza - so heißt Julio anscheinend mit Nachnamen - 5000 Euro in großen Scheinen bei sich gehabt habe? „Wie sollte ich das denn wissen, ich habe ihn doch gar nicht gekannt! Man erzählt doch einem Fremden nicht sofort, wie viel Geld man dabei hat!"

Bei der Verabschiedung verspricht Rozin, ihm ein „petit déjeuner" und ein Telefon vorbeibringen zu lassen, damit er seine Familie verständigen kann. Eine Viertelstunde später öffnet sich die Tür erneut, ein Polizist bringt ihm ein halbes Baguette, eine Schale mit Milchkaffee und ein Telefon. Jaschek darf unter Aufsicht fünf Minuten zu Hause anrufen. Seine Frau Jule ist schon arbeiten, aber sein jüngster Sohn ist noch da, er hat den Bus zur Schule verpasst. „Tim, du musst mir helfen. Dein Vater sitzt hier in Montpellier in Untersuchungshaft und braucht dringend die Handynummer von Schorsch, damit der herkommt und mich hier rausholt!"

Er staunt, wie sein Sohn reagiert: „Im Gefängnis? Echt? Ist ja geil!" Und nach einer kurzen Bedenkpause:

„Klar, Papa, ich mach das schon, keine Sorge, ich find die Nummer heraus und rufe Schorsch an. Wo sagst du, sitzt du?"

Jaschek fragt den Aufseher nach der Straße und gibt die Information weiter. „Tim, ich muss Schluss machen, ich verlass mich auf dich!"

„Mach dir keine Sorgen, Papa. Jetzt hab ich auch 'ne vernünftige Erklärung, warum ich zu spät zur Schule komme. Ciao, bleib tapfer!"

„Nein Tim, nicht weitererzählen ..." - aber da hat sein Sohn schon aufgelegt. Jaschek hofft, dass Tim die Verbindung zu Schorsch schnell herstellen kann, hat aber ein gutes Gefühl dabei und tunkt erst einmal sein Baguette in den Milchkaffee. Der ist nur noch mäßig warm, tut aber trotzdem gut.

Zwei Stunden später steht Schorsch in der Tür, die beiden umarmen sich innig und ausdauernd. Jaschek vergießt vor Erleichterung und Freude ein paar Tränen und Schorsch stammelt nur: „Dass ich so was erleben muss, mein Freund Jaschek im Gefängnis - das gibt's doch gar nicht!" Jaschek erzählt ihm haarklein die ganze verzwickte Geschichte und Schorsch hört ihm kopfschüttelnd zu.

„Schade, dass du mir diese Madeleine nicht vorstellen willst, mein Lieber, wo hast du die denn versteckt?" scherzt Schorsch und kommentiert abschließend: „Das ist ja mal ein richtiges Abenteuer, leider aber auch eine richtige Scheiße, in die du dich da reingeritten hast!"

Schorsch erzählt seinem Freund, er habe sich als Anwalt schon angemeldet und eine kurze Unterredung mit Rozin gehabt, er habe den Eindruck, dass der die Angelegenheit schnell und unbürokratisch über die Bühne bringen wolle. Natürlich werde er um eine Geldstrafe nicht herumkommen und sich für weitere Nachfragen und Ermittlungen zur Verfügung halten müssen. Schließlich gehe es um Geldwäsche, Drogen und um eine Bande von Schleusern, die Marokkaner mit gefälschten Papieren nach Frankreich holen würden - und da seien die Franzosen sehr empfindlich. Aber er müsse jetzt den Termin am Nachmittag beim Haftrichter mit Anstand hinter sich bringen und dann würde er doch sehr hoffen, ihn danach in sein Ferienhaus mitnehmen zu können. Das Auto würden sie dann später nachholen, das würde erst einmal nach allen Regeln der Kunst auseinander genommen.

„Prima, die Inspektion war eh schon lange fällig!" flachst Jaschek und Schorsch grinst breit: „Er kann schon wieder lachen, das freut mich, bald haben wir dich hier raus. Ich muss jetzt erst einmal ein paar Telefonate mit französischen Kollegen tätigen und mich schlau machen, wie das hier in Frankreich so läuft. Hast du einen Wunsch, soll ich dir was mitbringen?"

„Bring mir doch bitte ein sauberes T-Shirt mit, das hier stinkt!"

„Das ist mir auch schon aufgefallen, dass du stinkst, aber ich wollte nicht unhöflich sein! Irgendwas zu essen?"

„Danke, nein. Ich bin zu aufgeregt zum Essen. Mein Magen hat sich zu einem Klumpen zusammengezogen. Heute Nachmittag geht's mir hoffentlich wieder besser, wenn dieser Alptraum hier vorbei ist."

„Da bin ich sicher! Kopf hoch, mein Lieber! Bis nachher!"

Als Jaschek wieder allein in seiner Zelle hockt, dreht sich alles in seinem Kopf: Geldwäsche - Drogen - gefälschte

Papiere - Marokko - Schleuser - Haftrichter - und er mittendrin, ohne richtig zu wissen, wie er da eigentlich hineingeraten ist. Hätte er doch an dieser vermaledeiten Raststätte in Dijon nicht getankt! Hätte, hätte, hätte. Das nutzt jetzt auch nichts mehr. Und andererseits: Er hätte dann Madeleine und einige der fröhlichsten und unbeschwertesten Stunden seines Lebens verpasst ...

Mit diesen Gedanken und einem seligen Lächeln auf den Lippen fällt er in einen erst tiefen, dann traumreichen Schlaf, in dem er sich an Bord eines kleinen roten Bootes wiederfindet, das ohne Sprit auf den Meereswellen treibt und so heftig hin- und herschaukelt, dass es umzukippen droht. Ihm ist schlecht und er beugt sich weit über die Reling. Dabei verliert er das Gleichgewicht und stürzt ins Wasser. Seine schweren Anziehsachen ziehen ihn wie Blei nach unten, seltsamerweise bleibt er ganz ruhig und denkt: Na schön, guckst du dich mal hier unten ein bisschen um! Alles erscheint ihm äußerst interessant, und ganz unten auf dem Meeresgrund winkt ihn eine wunderschöne Nixe, die eine erstaunliche Ähnlichkeit mit Madeleine hat, mit der Hand herbei. Aber als er sie fast erreicht hat, verwandelt sich die Hand in eine Pistole und die schöne Nixe in einen dicken Polizisten, der nach Schweiß stinkt. Verärgert reißt Jaschek die Augen auf: Vor ihm steht der Dicke mit einem breiten, selbstgefälligen Grinsen und dünstet aus.

Er winkt ihm mit der Hand, er solle ihm folgen und führt ihn durch dunkle Gänge. Dann flüstert er ihm ins Ohr: „Bonne chance, Monsieur!" und schubst ihn mit einem gehässigen kleinen Lachen in das Besucherzimmer, wo schon Schorsch wartet. Schorsch sieht überhaupt nicht glücklich aus, stürzt auf ihn zu und stößt hervor:

„Irgendetwas stimmt hier nicht. Es scheint Indizien zu geben, die deine Haftentlassung unmöglich machen. Hast du mir irgendwas verschwiegen?" Jaschek erstarrt, denkt nach und schüttelt dann vehement den Kopf: „Nein, das würde ich doch nicht tun, Schorsch! Warum sollte ich dir denn was verschweigen, ich vertrau dir doch!"

„Dann werden wir uns jetzt mal anhören, was der Haftrichter in der Hinterhand hat. Bitte rede du nur auf Deutsch, ich übersetze alles."

Jaschek stimmt zu und folgt dann mit wackeligen Beinen dem Beamten und seinem alten Freund durch die vielen Gänge zum Büro des Haftrichters.

Komplikationen

„Monsieur Jaschek, kannten Sie Mademoiselle Madeleine Guignebert?"

„Nein, Monsieur, ich habe sie erst gestern Nachmittag kennengelernt, als ich sie und ihren Freund im Auto von Dijon nach Montpellier mitgenommen habe."

„Dann verhält es sich mit Monsieur Piazza ebenso?"

„Wenn Sie damit ihren Freund Julio meinen, ja, Monsieur."

„Haben Sie gesehen, was in dem Seesack war, oder haben Sie mit den beiden darüber gesprochen?"

„Nein, Monsieur, wir haben über alles Mögliche gesprochen, aber nicht darüber."

„Dann wussten Sie also nicht, dass die beiden gefälschte Pässe, Medikamente und größere Geldmengen mit sich führten?"

„Nein, Monsieur. Mademoiselle Madeleine half mir beim Tanken freundlicherweise mit einem Zehn-Euroschein aus, ich hoffe, dass das kein Falschgeld war."

„Haben die beiden mit Ihnen oder in Ihrem Beisein über ihre weiteren Pläne gesprochen?"

„Nein, Monsieur. Sie wollten nach Sète gebracht werden, und da sie mir ausgesprochen nett und vertrauenswürdig erschienen, wollte ich sie auch dorthin bringen. Was sie dort wollten, ist mir nicht bekannt."

„Warum halten Sie sich in Frankreich auf?"

„Ich wollte meinen Freund Georg Krafeld in seinem Ferienhaus in Le Pouget besuchen, er sitzt hier vor Ihnen und kann das bestätigen."

„Sind Sie in Deutschland vorbestraft?"

„Nein, Monsieur, ich stehe zum ersten Mal vor einem Richter."

„Sie wissen, dass Sie gegen Gesetze des französischen Staates verstoßen haben?"

„Ja, Monsieur, ich habe mich leider dazu verleiten lassen, die Autobahn durch eine Baustellenausfahrt zu verlassen."

„Warum haben Sie dies getan?"

„Es tut mir aufrichtig leid, Monsieur. Ich hatte kein Bargeld mehr bei mir und meine EC-Karte hatte beim Tanken in Dijon nicht funktioniert. Das ist mir noch nie passiert. Ich hatte mein letztes Bargeld und die 10 Euro von Mademoiselle Madeleine beim Tanken ausgegeben und völlig vergessen, dass ich ja später noch die Autobahn bezahlen muss. Ich bin einfach nicht daran gewöhnt. In Deutschland gibt es keine Autobahngebühr."

„Woher wussten Sie von dem Baustellentor?"

„Von Mademoiselle Madeleine, Monsieur. Sie gab mir den Tipp und ich war ihr sehr dankbar dafür, denn sonst hätte ich nicht gewusst, wie ich von der Autobahn wieder heruntergekommen wäre."

An dieser Stelle guckt Schorsch ärgerlich zu Jaschek herüber und schüttelt den Kopf. Der Richter wiegt ebenfalls bedenklich das Haupt und setzt nach: „Sie meinen also, Sie hätten keine andere Möglichkeit gehabt, als illegal durch eine Baustellenausfahrt zu fahren?"

„Entschuldigen Sie, Monsieur, wenn das vielleicht missverständlich klang. Ich war in Panik, mir wurde erst in diesem Moment klar, dass ich ja gar nicht bezahlen konnte, und da ließ ich mich zu dieser Kurzschlusshandlung verleiten, unglücklicherweise."

„Nun, Monsieur, Sie werden sich dafür verantworten müssen, denn es gab keinen Grund, sich so zu verhalten. In den anderen Punkten vertraue ich vorerst dem, was Sie hier dargelegt haben. Die Untersuchung Ihres Wagens hat keine Anzeichen dafür ergeben, dass Sie in die kriminellen Machenschaften der beiden anderen mit verstrickt sind. Er kann morgen früh hier im Präsidium abgeholt werden."

„Danke, Monsieur, da bin ich aber außerordentlich erleichtert. Dann kann mich Herr Krafeld heute mitnehmen nach Le Pouget?"

„Das könnte er schon, wenn da nicht noch eine Sache wäre …"

Und jetzt kommt es knüppeldick: Schorschs und Jascheks erleichtertes Lächeln versteinert in Sekunden, als der Haftrichter darlegt, warum Jaschek weiterhin in Untersuchungshaft bleiben wird: „Monsieur Jaschek, beim Abgleich Ihrer Fingerabdrücke in unsrer Datei sind wir auf eine eindeutige Übereinstimmung gestoßen mit Fingerabdrücken, die bei einem ungeklärten Raubmord gesichert wurden, der vor 29 Jahren passierte. Haben Sie sich im Sommer 1982 in Frankreich aufgehalten?" Jaschek wird leichenblass und sackt auf seinem Stuhl zusammen. Er starrt vor sich hin und reagiert nicht.

„Monsieur Jaschek, haben Sie meine Frage verstanden?"

„Entschuldigung, Monsieur, Raubmord, sagen Sie? Das ist doch bestimmt ein Witz oder eine böse Verwechslung! Das muss ein Irrtum sein! Ich bin doch kein Raubmörder! Ich habe mir noch nie etwas zuschulden kommen lassen! Ich möchte mich erst einmal mit meinem Anwalt beraten und werde in Ruhe versuchen zu rekonstruieren, wo ich 1982 meinen Urlaub verbracht habe."

„Ja, natürlich, Monsieur. Ich wäre Ihnen sehr dankbar, wenn Sie möglichst detailliert den Zeitraum vom 1. bis zum 13. August 1982 dokumentieren könnten. Ganz speziell interessiert uns Donnerstag, der 12. August 1982. Wir werden Sie morgen dazu genauer befragen. Bringen Sie Ihre Aufzeichnungen mit!"

Schorsch und Jaschek wanken wie begossene Pudel zurück in die Zelle. Dort versucht Schorsch, Jaschek zu trösten. Er würde als erstes versuchen, Jule in Köln zu erreichen und ihr schonend nahe bringen, was sich hier abspielt. „Warst du 1982 eigentlich schon mit Jule zusammen, Jaschek?"

„Nein, da gab es Jule noch nicht. Jedenfalls nicht für mich. Aber mit wem war ich damals zusammen? War es noch Susanne? Oder schon Gabi? Oder war es die Zeit dazwischen? Oh Gott, ich kann überhaupt keinen klaren Gedanken fassen! Ich drehe völlig durch!"

„Wer könnte denn helfen beim Erinnern? Hast du damals noch mit Arno und Heiner zusammengewohnt?"

„Ja klar, meine Männer-WG! Könntest du bitte versuchen, Arnos Nummer herauszubekommen? Jule kann dir bestimmt dabei helfen!"

„Klar, mach ich. Was ist mit Heiner?"

„Der ist schon seit Jahren verschütt gegangen, den findest du bestimmt nicht mehr! Da fällt mir gerade ein: Vielleicht war es ja der Sommer, wo ich mit Arno zusammen Straßenmusik gemacht habe in Süddeutschland? Dann wäre ja alles ganz einfach!"

„Noch einfacher wäre es, du hättest mit deiner Frau einen schönen Hotelurlaub auf Mallorca verbracht wie ein normaler, anständiger Mensch."

„Wie ein normaler blöder Spießer, meinst du? Hast d u denn damals Hotelurlaub auf Mallorca gemacht?"

„Nee du, ich habe auf dem Balkon gehockt und für meine Juraprüfung gebüffelt."

„Und was erzählst du mir dann vom anständigen Menschen? Hotel, hör mal, das war nicht nur spießig, es war auch teuer, und so dicke hatten wir es nun gerade nicht, dass wir mit dem Geld nur so herumwarfen, oder? Urlaub musste spannend sein und durfte nicht viel kosten!"

„Du hast ja Recht, wie so oft, hier hast du Papier und einen Stift, schreib alles auf, was dir einfällt. Ich komme morgen früh wieder vorbei und bringe dir ein leckeres Croissant mit!"

„Du bist ein echter Freund, Schorsch! Lass mich hier ja nicht alleine mit den ganzen Franzosen! Und grüß die Jule ganz lieb von mir und meine Kinder!"

Nach einer herzlichen Umarmung verschwindet Schorsch und lässt Jaschek in seiner Zelle zurück.

Alleine

Jaschek fühlt sich schrecklich allein. Langsam erst dämmert ihm, warum er hier sitzt: Er wird verdächtigt, vor 29 Jahren jemanden umgebracht zu haben! Das ist doch ungeheuerlich! Das gibt's doch sonst nur im Krimi: Er, Jaschek, ein gutmütiger Familienmensch, der keiner Fliege etwas zuleide tut! Zwar oft etwas einsilbig und brubbelig, manchmal ein Einsiedlerkrebs, der seine Ruhe haben will. Zuweilen auch Anflüge von Jähzorn, wenn ihm irgendetwas oder irgendjemand ganz quer kommt, zugegeben. Schwächen hat schließlich jeder. Aber er, Jaschek, als Mörder? Diese Vorstellung muss für jeden, der ihn etwas näher kennt, völlig absurd sein! Er bewundert, dass sein Sohn Tim Fische nicht nur angeln, sondern sogar töten kanne. Er selbst könnte so etwas nicht. Tiere töten? Oder gar Menschen töten? Undenkbar! Deshalb hat er schließlich damals den Wehrdienst verweigert. Er verachtet Mitglieder von Schützenvereinen. Ballerspiele am Computer sind ihm zuwider. Vom Moorhuhn jetzt mal abgesehen. Nein, die Vorstellung, Jaschek könne einen Menschen töten, ist völlig abwegig.

Aber je mehr er sich mit möglichen Schattenseiten seiner selbst beschäftigt, desto stärker rumort und bohrt da etwas in seinem Hinterkopf: 1982! Was war da gewesen? Wo hat er Urlaub gemacht und mit wem? Und wie kamen seine Fingerabdrücke nach Frankreich? Frankreich! Und ganz plötzlich fällt es ihm wie Schuppen von den Augen. War das nicht das Jahr gewesen, in dem er alleine unterwegs war, mit Rucksack und Schlafsack, ohne Zelt? Malaga - Sevilla - Algarve - Porto - Galicien – Asturien – Pyrenäen und dann Biarritz! Natürlich, Biarritz: der schwule Bademeister, der ihn, den knackigen 25-Jährigen, in seinem Appartement vernaschen wollte! So schnell wie dort war er selten irgendwo verschwunden. Er hat das Ganze gründlich vergessen und verdrängt, jetzt steht es mit einem Mal alles wieder vor seinen Augen. Irgendetwas an dieser Sache ist ganz seltsam gewesen damals. Das mysteriöse Ende eines absoluten Traumurlaubs, prallvoll mit Erlebnissen der besonderen Art.

Wie er damals wieder zurück nach Hause gekommen ist, kann er gar nicht sagen. Getrampt, quer durch Frankreich, zurück nach Köln wahrscheinlich, wie sonst? Aber was in den Wochen davor passiert ist, kommt jetzt Stück für Stück wieder an die Oberfläche seines Bewusstseins. Kurz vor der spanisch-französischen Grenze hinter San Sebastian hat er länger gestanden. Er hat sich schon darauf eingestellt, wieder gründlich kontrolliert zu werden. Die Grenzer waren damals scharf auf Rucksacktouristen und wühlten gerne alles durch auf der Suche nach Drogen. Er nahm keine Drogen. Sie hätten nur eine kleine Packung Cigarillos gefunden und das war ja nicht verboten. Nach einem gelungenen Essen rauchte er damals ab und zu aus Genussgründen einen kleinen Cigarillo und trank einen Espresso dabei.

Er hatte einen kleinen Zettel in der Hosentasche, auf dem er sich zwei Adressen in Frankreich notiert hatte, wo er nachts eventuell unterkommen könnte, falls es mit dem Trampen nicht so zügig voranging. Dann hielt plötzlich ein offener Sportwagen neben ihm, und ein großer, braungebrannter Mann winkte ihm, er solle einsteigen. Schnell verfrachtete er seinen Rucksack auf dem Notsitz und kletterte auf den Beifahrersitz. Zu seinem Erstaunen wurden sie an der Grenze durchgewinkt. War er schon jemals in so einem Wagen mitgefahren? Doch, einmal, in Hamburg, aber da hatte er ganz schnell wieder aussteigen wollen, der Fahrer hatte ihm nämlich partout zeigen wollen, was er aus seiner Karre alles herausholen konnte, und nachdem sie mit quietschenden Reifen durch mehrere Kurven geschleudert waren, war ihm schlecht geworden vor Angst, so schlecht, dass der Rennfahrer ihn aus Sorge um seinen Wagen abgesetzt hatte.

Aber das war ein paar Jahre her, und dieser Mensch hier hatte zwar auch Goldkettchen am Hals und an den Armen, aber er war ausgesprochen höflich und nett, und er fuhr zwar schnell, aber regelkonform und kontrolliert. Jaschek unterhielt sich mit dem Mann, der erzählte, er wohne in Biarritz, sei Sportlehrer und so eine Art Bademeister. So sah er auch aus, etwa so groß wie Jaschek, aber etwas älter und muskulös - so könnte Jaschek vielleicht ausgesehen haben, wenn er regelmäßig Bodybuilding und Sport gemacht hätte. Natürlich nicht so südländisch. Jaschek fand ihn nicht unsympathisch, überhaupt nicht der Typ Mensch, mit dem er sonst zu tun hatte, aber ganz okay. Als sich herausstellte, dass Jaschek seit dem Frühstück nichts mehr gegessen hatte, lud ihn der Sportler zu sich in die Wohnung zum Essen ein, Jaschek dachte, Gelegenheiten soll man nutzen, wenn sie sich bieten, bedankte sich und willigte ein.

Sie fuhren durch Biarritz zu einer luxuriösen Wohnanlage in Strandnähe, der Bademeister zeigte Jaschek stolz sein schickes Appartement mit dem großen Balkon, von dem aus man einen Rundumblick über die ganze Bucht hatte. „Da drüben gebe ich Schwimmkurse - leider alles alte Damen ..." er seufzte, „schrecklich langweilig! Sie wollen sich immer mit mir verabreden. Monsieur! Monsieur!" er äffte die schrillen Stimmen der älteren Damen nach, „aidez-moi, s'il vous plaît!" Er schaute sehnsüchtig in die Ferne. „Das ist kein Job für die Ewigkeit. Man verdient Geld, okay, aber sonst - schrecklich!"

Jaschek murmelte etwas Zustimmendes, hatte aber das Gefühl, der andere habe die Einladung zum Essen inzwischen vergessen. Sein Magen gab schon deutliche Hungersignale, Jaschek war aber zu höflich, um etwas zu sagen. Als sie beide wieder in die Wohnung zurückkehrten und der Bademeister Jaschek einen Platz auf dem Sofa anbot, um dann in der Küche zu verschwinden, schöpfte Jaschek wieder Hoffnung. Er kramte seinen kleinen Adressenzettel hervor und überlegte, wie weit es noch bis Bordeaux wäre.

Minuten später kam der Hausherr mit zwei großen Gläsern Whiskey-Cola zurück: „Sorry, du musst ja bestimmt Durst haben!" - und von da an wurde die Szenerie beklemmend: Er setzte sich sehr dicht neben Jaschek auf das Sofa und zeigte ihm ein seltsames, längliches Gefäß aus Glas, das mit einer rötlichen Flüssigkeit gefüllt war. „Do you know that?"

„No!" Jaschek wollte es auch nicht kennenlernen, denn in diesem Augenblick fiel ihm auf, dass dieses blöde Ding wie ein Penis geformt war. Der Bademeister nahm jetzt Jascheks Hand und legte sie um den Glaspenis: „Look what will happen!", gleichzeitig legte er den anderen Arm um Jascheks Schulter. Jaschek sprang auf: „Sorry, I'm afraid I must go now!" Er suchte seinen Rucksack.

„Not so fast! Where will you sleep tonight?"

„I have an address in Bordeaux!"

Jaschek, der sich seinen Rucksack schon angeschnallt hatte, zeigte ihm das Zettelchen in seiner Hand.

„Show me, I'll bring you to the hiking-stop!"

„No, thank you very much!" Mit diesen Worten war Jaschek schon aus der Wohnung, rannte die Treppen hinunter und in irgendeine Richtung die Straße entlang. Er hörte noch hinter sich: „Wait! Your notice!" rufen, aber er drehte sich nicht mehr um und lief und lief.

Von da ab versagte die Erinnerung. Wohin war er gelaufen, hatte er noch einen Lift bekommen? Er wusste nur, dass er den Schlafsack in der Wohnung gelassen hatte, wahrscheinlich hatte ihn der Sportlehrer schon beiseitegelegt und breitete ihn jetzt im Schlafzimmer aus, um sich am Geruch zu berauschen. Auch das Zettelchen hatte er in der Hektik verloren, deshalb wurde es wahrscheinlich auch nichts mit der Übernachtung in Bordeaux. Jaschek war so panisch gewesen, dass er zur Not auch nackt und ganz ohne Gepäck davongelaufen wäre. Dass er schließlich auf irgendwelchen Wegen wohlbehalten in Köln angekommen war, das war klar, aber wie? Der Schock hatte die weitere Erinnerung ausgelöscht.

Aber das war ja wahrscheinlich für die Polizei auch nicht wichtig. Den Zettel hatten sie vielleicht gefunden mit den Adressen: Die waren nicht ergiebig für die Polizei, es war zwar seine Handschrift, aber da Jaschek die Adressen von anderen Reisenden bekommen hatte, als Empfehlung sozusagen, kannten die Adressaten weder ihn, noch kannte er sie. Sein Schlafsack musste gefunden worden sein, die Marke „Salewa" gab es aber vermutlich nicht nur in Deutschland, nur eine Schweiß-Datei hätte hier weiterhelfen können. Und natürlich hatte er Fingerabdrücke hinterlassen, klar: Auf dem Balkongeländer, am Colaglas, den Türklinken, auf der Toilette und natürlich an diesem bescheuerten Glasdings. Aber warum wurde dieser Bademeister ermordet? Oder hatte er sich selbst umgebracht? Aus Verzweiflung, dass Jaschek davongelaufen war? Aus verschmähter Liebe? Unsinn! Er wirkte gar nicht depressiv. Diesen Glastrick hatte er bestimmt schon bei mehreren jungen Männern ausprobiert.

War noch jemand anderer in der Wohnung gewesen? Er konnte sich an nichts erinnern, das darauf hindeutete, und die ganze Szene im Appartement stand jetzt glasklar vor seinen Augen. Er sah sie wie im Film. Nein, in der Wohnung waren nur sie beide gewesen. Dann war also jemand anderer danach eingedrungen und hatte den Sportlehrer ausgeraubt und ermordet? Vielleicht war es ja aber auch an einem ganz anderen Tag, das muss jetzt erst einmal geklärt werden. Oder vielleicht geht es überhaupt nicht um den Sportlehrer in Biarritz? Der Haftrichter hat nur von Frankreich gesprochen, trotzdem ist Jaschek völlig überzeugt, dass er Biarritz meint. Hoffentlich bekommt Schorsch etwas heraus.

Jaschek schreibt die wichtigsten Eckdaten auf, dazu noch die Stationen, die vor Biarritz kamen: San Sebastian, Pyrenäen, Asturien, Santiago de Compostella, Vigo, Porto, Coimbra, Lissabon, Albufeira, Sevilla, Malaga. Das mit dem 12. August könnte so etwa hinkommen, denn zu seinem Geburtstag am 3. August hatte er sich mit Freunden an einem Leuchtturm verabredet an der baskischen Küste. Wie hieß der kleine Ort noch? Irgendwo in der Nähe von Bilbao. Die Freunde waren erst einen Tag später gekommen, und er hatte seinen Geburtstag ganz allein unter dem Leuchtturm gefeiert und die Sektflasche geleert. Danach waren sie ein paar Tage zusammen herumgefahren, am Strand, in den Picos und in den Pyrenäen, und dann hatten sich ihre Wege wieder getrennt. Das könnte eine Woche gedauert haben, so dass der 12. August in Biarritz durchaus realistisch erschien. Verdammt!

In der Nacht wälzt sich Jaschek unruhig hin und her auf der unbequemen Gefängnispritsche. Zwei Fliegen in der Zelle fliegen ihn ständig an. Die graue Decke ist eklig, Jaschek will sie nicht über seinen Kopf ziehen, um sich vor den Fliegen zu schützen. Irgendwann nach endlosen

Stunden schläft er vor Erschöpfung ein. Er träumt, er wäre in einer kleinen Kapelle, es ist dunkel, nur beim Kruzifix flackert eine Kerze. Er kommt näher und sieht, dass der Gekreuzigte etwas Rotes in der Hand hält: Es ist der Glaspenis! Jaschek erschrickt und bemerkt jetzt, dass alles voller roter Farbe ist. Jemand flüstert: „Do you know this?" und Jaschek rennt schreiend aus der Kapelle und öffnet die Augen. Er ist schweißgebadet. Durch das kleine Fenster kommt Tageslicht herein. Er hört Schritte auf dem Gang, die Tür wird entriegelt, und ein freundlicher Wärter fragt besorgt: „Avez-vous malle? Vous desirez un café?"

Jeudi

Um 10 Uhr erscheint Schorsch. Er bringt Cigarillos, zwei Croissants, frische Wäsche und eine deutsche Tageszeitung mit und lässt sich von Jaschek auf den neuesten Stand seiner Erinnerung bringen. Er platzt fast vor zur Schau getragener guter Laune und Zuversicht, so dass Jaschek ihn schließlich rüde unterbricht: „Jetzt hör mal auf mit deiner Alles-wird-gut-und-Jesus-liebt-dich-Show, das steht dir nicht, das macht mich wahnsinnig. Es deutet alles darauf hin, dass ich kurz vor dem Mord in der Wohnung war. Was ist denn daran bitteschön gut?"

„Gut ist, dass deine Erinnerungen mit denen von Arno übereinstimmen. Er sagt, du wärst am Abend des

14. August 1982 zurückgekommen, da hatte er nämlich Damenbesuch, und diese Dame ist dann nach opulentem Gelage in eurer WG-Wohnküche mit leckerem Essen und reichlich Wein in deinem statt in seinem Zimmer verschwunden. Das hat er ihr und dir nie verziehen, und es hat am nächsten Tag einen heftigen Krach zwischen euch gegeben, bei dem dein Steinregal umgeflogen ist und die Vermieterin gedroht hat, euch rauszuschmeißen."

„Ach richtig, ich erinnere mich. Da war was los! Wir haben uns gekloppt wie die Kesselflicker und der dritte Mann ist dann später ausgezogen, weil er die Schnauze voll hatte von uns! Aber dass Arno mir das nie verziehen hat, wusste ich nicht. Ich konnte doch gar nichts dafür, die kam einfach mit mir mit. Ich weiß noch nicht mal mehr, wie sie hieß. Nur dass sie auf meine Kohlezeichnungen an den Wänden und auf meine schwarzem Holzdielen abfuhr. Wieso hat Arno sich eigentlich das Datum gemerkt?"

„Weil er am 14. August vorher bei dem Geburtstag seiner Schwester war, die noch bei den Eltern in Mönchengladbach wohnte. Dort hat er dann zufällig eine alte Schulfreundin wiedergetroffen, in die er früher mal sehr heftig verliebt gewesen war, und sie dann mit nach Köln genommen, um ihr zu zeigen, wo er wohnt. Und dann platzte sein Mitbewohner herein, der just von seiner großen Reise wiederkam, und der Abend verlief ganz anders, als er sich das ursprünglich gedacht hatte ..."

„Das tut mir wirklich leid für ihn, nachträglich!"

Schorsch hat es wirklich geschafft, Jascheks Laune schlagartig zu verbessern. Er fühlt sich für einen Augenblick fast wieder wie 25 und grinst breit. Schorsch schaut ihn kurz irritiert an und meint: „Na warte, dein Grinsen wird dir noch vergehen. Du musst nämlich den Richter von deiner Unschuld überzeugen. Und du hast keine Zeugen!" Selbstgefällig lächelt er über sein holpriges Wortspiel, haut Jaschek auf die Schulter und flüstert dann: „Alles wird gut! Und Jesus liebt dich! Ich werde jetzt mal nach näheren Details zu deinem ungeklärten Mordfall fahnden. Es ist immer gut, wenn wir schon mal mehr wissen, als der Richter vermutet. Und schreib mir bitte die vollständigen Namen von den Leuten auf, die du im Urlaub getroffen hast!"

„Ich habe Hunderte von Leuten getroffen, vor allem Frauen!"

„Angeber! Du weißt, was ich meine!"

„Übrigens, welcher Tag ist heute?"

„Jeudi!"

„Hat das was mit „joy", Freude, zu tun?"

„Nee, mit „jeu", Spiel. Oder vielleicht auch mit „jeunesse", Jugend."

„Merci beaucoup, Monsieur advocat!"

Als Jaschek wieder alleine in seiner Zelle ist, fragt er sich, ob seine gute Laune vielleicht schon ein erstes Anzeichen für einen Lagerkoller ist. So etwas hat man ja schon gehört, dass Menschen in völlig verfahrenen Situationen plötzlich anfangen, hysterisch zu lachen oder blöde zu grinsen. Er schreibt für Schorsch die Namen auf: Kathi aus Bonn, Lisa und Robert aus Köln, das sind sozusagen die zeitlichen Fixpunkte der Reise. Mit seiner alten Studienfreundin Kathi hatte er als Treffpunkt einen bestimmten Tag am Bahnhof von Porto ausgemacht, das klappte auch gut. Welcher Tag das war, wusste er nicht mehr, aber vielleicht wusste das Kathi noch. Sie hatten zwei oder drei schöne, entspannte Tage miteinander verbracht, viel erzählt, angeguckt, gebadet und Leute kennengelernt. Das konnte man hervorragend mit Kathi, sie fiel mit ihren blonden Haaren sowieso überall auf, ging immer offensiv und mit entwaffnender Freimütigkeit auf alle Leute zu und schaffte sofort Kontakte.

Einmal waren sie nach einem langen Strandspaziergang von einem portugiesischen Familienvater eingeladen worden, in seine Hütte zu kommen. Jaschek war es ein bisschen peinlich gewesen, es war eine ganz kleine und ärmliche Hütte, aber Kathi hatte sofort fröhlich zugestimmt und bald saßen sie auf zwei umgedrehten Obstkisten rund um einen kleinen Tisch zusammen mit der ganzen Familie. In der Mitte stand eine große Schüssel mit Reis, wie eine Pyramide geformt, auf der ein kompletter Tintenfisch in seiner ganzen Pracht und mit all seinen langen Fangarmen thronte. Während Kathi sich in allen möglichen Sprachen und mit Händen und Füßen mit der Familie ausgezeichnet und fröhlich verständigte, starrte Jaschek fasziniert das maritime und anscheinend ganz fangfrische Kunstwerk an, das sich zwar nicht mehr bewegte, aber noch den ganz intensiven Geruch von Meer und Algen verströmte.

Nun ging die Hausfrau stolz daran, Reis und Tentakel auf die Teller zu verteilen. Jaschek bat um ein ganz kleines Stückchen, im Gegensatz zu Kathi sprach er sogar etwas Portugiesisch, was ihm aber an diesem Abend nichts nützte: Er bekam, zusammen mit Kathi, natürlich die größten Fangarme! Danach war Jaschek von der fröhlichen und lauten Unterhaltung bei Tisch völlig abgeschnitten. Er kämpfte nur noch einen stummen Kampf mit Messer und Gabel gegen das glitschige Untier aus dem Meer mit seinen Saugnäpfen, das fürchterlich roch, gummiartig und zäh schmeckte und sich kaum herunterwürgen ließ. Jaschek war allerdings so erzogen, dass er niemals irgendetwas auf seinem Teller zurückließ, das gehörte sich nicht, schon gar nicht, wenn man eingeladen war! Er sah aber zu, zumindest solange mit seinem Tentakel beschäftigt zu sein, dass er nicht riskierte, noch einen Nachschlag obendrauf zu bekommen. Nach getaner Arbeit und einem wunderbaren Espresso hinterher erbrach er sich dann in aller Stille in den Dünen.

Kathis und Jascheks Wege trennten sich dann am nächsten Morgen: Kathi kam von Norden und wollte weiter in den Süden, Jaschek kam von Süden und wollte weiter nach Nordportugal und Galicien. Jetzt, in seiner Zelle, kam sich Jaschek vor wie auf einer Zeitreise, er wurde ganz wehmütig, fühlte sich hineingesogen in eine lange vergangene Zeit, in der man einfach losgezogen war, mit Rucksack, Schlafsack, Taschenmesser, und so viel erlebt hatte wie später nie wieder. Alles war möglich, die Zukunft war noch völlig offen, und man konnte an jedem Platz, der einem gefiel, so lange bleiben, wie man wollte. Traumhaft. Er hatte damals noch nicht mal ein Zelt mitgenommen. Bei der Abwägung, ob er lieber ein Zelt oder seine Gitarre mitnehmen sollte, hatte er sich ohne großes Zögern für seine Gitarre entschieden. Er hatte sich gedacht, in Spanien und Portugal ist es heiß im Sommer, da brauchst du kein Zelt, ein Schlafsack reicht.

Das war nicht so verkehrt gedacht, führte aber manchmal zu kuriosen Situationen. Eines Morgens wachte er auf einer Wiese im Süden Portugals davon auf, dass ihn ein kleines Steinchen am Kopf traf. Als er mit der Hand fühlen wollte, traf ihn ein zweites Steinchen am Fuß. Er richtete sich erschrocken auf und fand sich mitten in einer Herde weidender Schafe wieder, die ihn verwundert, aber harmlos glotzend anblökten. Etwas weiter weg stand der kleine Schäferjunge, vielleicht 8 Jahre alt, braungebrannt, jetzt winkte er mit der Hand und rief "Bom dia!". Er lachte und zeigte die restlichen Steinchen, die er noch in der Hand hielt. Er war glücklich, dass Jaschek noch am Leben war. Er hatte sich erschrocken, als er auf seiner Schafweide einen Menschen liegen sah und wollte erst einmal aus sicherer Entfernung testen, ob der Fremde auf der Wiese tot war oder ob er sich doch noch bewegte.

Ein anderes Mal verhalf Jaschek die Tatsache, dass er ohne Zelt unterwegs war, zu wunderbaren Bekanntschaften: Er wollte an der portugiesischen Atlantikküste auf einen Campingplatz, um wieder einmal anständig zu duschen. Der Platzwart war verwirrt, als Jaschek ihm auf die Frage „Wohnwagen oder Zelt?" keine befriedigende Antwort geben konnte. Auch die Kategorie „Auto?" passte nicht und die Frage „Stromanschluss?" erübrigte sich von selbst. Sein Schlafsack funktionierte ohne Steckdose. Schließlich einigte er sich mit Jaschek auf die Preiskategorie „halbes Zelt" und ließ ihn ziehen.

Jaschek suchte sich einen schönen, schattigen Platz unter Pinien zwischen einem holländischen Wohnmobil und zwei französischen Zelten. Eine halbe Stunde später saß er schon im holländischen Caravan und unterhielt sich bei einer Tasse Kaffee und einem Cigarillo angeregt auf Deutsch mit einem sehr netten älteren Herren. Er war Rentner, hatte sein Häuschen in Holland verkauft und war seit einem Jahr mit seinem Wohnmobil unterwegs, blieb immer so lange, wie es ihm irgendwo gefiel, und zog dann weiter. Er bereute seinen Entschluss keinen Moment, alles zu verkaufen und zurückzulassen. „Was soll ich mich denn in Holland langweilen? Meine Frau ist tot, meine Kinder haben Familie und sind gut versorgt. Was soll ich da alleine in meinem Haus sitzen? Und wenn ich irgendwann mal genug habe vom Herumziehen, dann findet sich schon was!"

Jaschek beeindruckte das sehr, zwischen ihm und dem Holländer lagen bestimmt 40 Jahre, und doch fühlte er sich ihm sehr verbunden. Jaschek dachte: Wenn ich in dem Alter mal später noch genauso flexibel und abenteuerlustig bin, dann habe ich alles richtig gemacht im Leben. Nach einigen Gläschen Calvados verabschiedete sich Jaschek in bester Laune und bezog seine Schlafstelle unter den Pinien. Sein Schlaf wurde allerdings gestört, es zeigte sich, dass es in Nordportugal im Sommer durchaus feucht werden kann: Ein schweres Gewitter zog auf und Jaschek verzog sich zum Waschhaus, wo er sich und seine Sachen in Sicherheit brachte. Er wartete dort Gewitter und Platzregen ab und legte sich dann unter das schützende Dach des Waschhauses, wo er auf dem harten Betonboden eine unruhige Restnacht verbrachte.

Am anderen Morgen brachte er seine Sachen zurück zu seinem Baum, als gerade die französischen Nachbarn aus ihren Zelten krochen, nass geregnete Klamotten zum Trocknen rauslegten und ihre Zelte auf Gewitterschäden überprüften. Sie wunderten sich sehr über Jaschek und fragten, wo er denn die Nacht verbracht habe. Er erzählte von seiner Flucht zum Waschhaus und der unruhigen Nacht und wurde von den beiden Männern und Frauen erst einmal zum Frühstück eingeladen, um sich von den Schrecken der Nacht zu erholen. Der Boden war schon wieder getrocknet und man konnte im Freien auf einer großen Decke picknicken. Die vier waren Jaschek sofort sympathisch und er genoss ihre offene, herzliche Art und ihre Gastfreundschaft.

Die beiden Männer waren Ärzte aus Rennes und die beiden Frauen Krankenschwestern, die am selben Krankenhaus wie die Männer arbeiteten. Der lustige und redselige René und die schwarzhaarige Natalie schienen ein Paar zu sein, sie wohnten zusammen mit dem witzigen Pierre, der sich selbst als „Chef" bezeichnete, im großen Zelt. Pierre kehrte oft den Macho heraus, aber auf eine charmante und selbstironische Art, die ihn liebenswert machte. Charlotte, die jünger zu sein schien als die anderen, schlief in ihrem eigenen kleinen Zelt. Sie war klein, sehr hübsch, hatte grüne Katzenaugen, lustige Grübchen und war mit Natalie befreundet. Jaschek und die Franzosen verständigten sich meistens auf Englisch, Jascheks Französisch war schlecht und die Franzosen sprachen erstaunlich gut Englisch.

Gegen Ende des ausgiebigen Frühstück-Picknicks stand schon die Mittagssonne hoch am Himmel. Charlotte fragte Jaschek: „Wo wirst du in der nächsten Nacht schlafen, wenn es wieder regnet?" Jaschek antwortete: „Oh, dann werde ich wieder zum Waschhaus gehen!" Charlotte nickte, wendete sich dann zur anderen Seite und sagte etwas auf Französisch zu ihrer Freundin. Der „Chef" übersetzte für Jaschek: „Unsere kleine Charlotte sagt, du darfst zu ihr ins Zelt kommen, wenn es regnet. Das ist eine große Ehre, mein Lieber. Wie hast du das nur geschafft? Ich bin sehr eifersüchtig, denn mir hat sie noch nicht erlaubt, in ihrem Zelt zu schlafen! Ich armer Mensch muss bei René und Natalie im Zelt übernachten! Aber ich darf alle in meinem Auto kutschieren, dazu bin ich gut genug!"

Alle lachten. Charlotte drehte sich wieder zu Jaschek und sagte leise: „Pierre erzählt immer Quatsch! Aber du darfst auch in mein Zelt, wenn es nicht regnet - wenn du magst!" Jaschek war inzwischen dunkelrot angelaufen und bedankte sich für die Einladung. Pierre rief laut: „Oh oh - wir haben alles gehört! Die kleine Charlotte hat es faustdick hinter den Ohren!" und dann wurde in ausgelassener Stimmung das Frühstück abgeräumt.

Von nun an machten sie fast alles zu fünft, Pierre gefiel sich in seinen Rollen als väterlicher Aufpasser, verschmähter Liebhaber, Chauffeur und Witzbold. Jaschek hatte er in sein Herz geschlossen und brachte ihm französische Flüche, unanständige Ausdrücke und französische Würfel- und Kartenspiele bei. Da es mittags wieder regnerisch wurde, stellte Jaschek seinen Rucksack schon einmal bei Charlotte unter und hoffte inständig, dass der Regen bis abends anhalten würde.

Alle zusammen hockten dann im großen Zelt, erzählten, machten Witze, rauchten, spielten Würfel und Karten. Gegen drei Uhr gab es Kaffee und einen Pastis, danach begann die Vorbereitung des großen Abendmahls: Zu fünft fuhren sie in Pierres altem Citroën, einem wunderschönen Modell wie in den alten Maigret-Filmen, ins Städtchen, um dort in diversen kleinen Läden die einzelnen Bestandteile des umfangreichen Menüs auszuwählen. Jaschek staunte nicht schlecht, alles wurde geprüft, berochen, leidenschaftlich diskutiert, manches wieder verworfen, es wurde um den Preis gefeilscht - und in diesen zwei Stunden ging es wirklich nur um das Abendessen! Als endlich alles zusammengekauft war, was man zu einem kleinen französischen Menü so braucht, fuhr man zufrieden und höchst vergnügt nach Hause und machte sich an die Vorbereitungen.

Gegen acht Uhr wurde dann bis tief in die Nacht hinein im Zelt diniert, stilvoll, mit Weingläsern und richtigem Porzellan: Artischocken, verschiedene Fleischpasteten, grüne und schwarze Oliven, Sardellen, Tomaten, Cornichons, Krabben, Melonen, geräucherter Schinken, Hähnchenschenkel und zum Nachtisch verschiedene köstliche Käsesorten und Kaffee. Jaschek befand sich in einem euphorischen Zustand, der nicht nur dem leckeren Rotwein geschuldet war, und fühlte sich wie im Schlaraffenland. Auf seine Frage: „Esst ihr immer so lecker und viel?" kam prompt die Antwort: „Jeden Tag! Wir schlafen lange und sind dann eigentlich nur noch mit Essen beschäftigt!"

Als Jaschek am späten Abend aus dem Zelt kroch, war es sternenklar und still, nur die Grillen zirpten. Charlotte fragte: „It's not raining. So what will you do?" und Jaschek antwortete: „I'd like to go to the washhouse ..." - hier machte er eine kleine Pause und lächelte sie an, „to brush my teeth. And then I'd like to stay in your tent!"

Charlotte lächelte und Jaschek ging zum Waschhaus. Er putzte sich nicht nur die Zähne, sondern duschte sich gründlich. Er freute sich wie ein Schneekönig, war aber gleichzeitig schrecklich aufgeregt, weil er nicht wusste, was ihn erwarten würde. Zurück bei Charlottes Zelt flüsterte er: „Anybody in there?" und hörte hinter sich eine tiefe Männerstimme: „No, everybody out!"

Er drehte sich um und sah Pierre, der aus dem großen Zelt herausguckte und eine Zigarette rauchte. „She's gone, I suppose!" rief er leise und zwinkerte Jaschek vergnügt zu. „But you are lucky. There she comes, princess Charlotte! I wish you all the best!" ergänzte er und verschwand mit seinem Kopf wieder im großen Zelt. Jaschek sah Charlotte mit Handtuch und Tasche vom Waschhaus herüberkommen. Sie winkte ihm zu und flüsterte: „You can get in, my tent is your tent!"

Im Zelt zündete Charlotte eine kleine Kerze an. Sie hatte ihren Schlafsack ausgebreitet und sagte: „It will be warm, perhaps you don't need your sleeping bag." Das Zelt war winzig und sehr gemütlich. Es war tatsächlich sehr warm. Charlotte roch so gut. Jaschek legte sich auf den Rücken und Charlotte kuschelte sich an ihn. Eine Weile blieben sie ganz still liegen und hörten den Grillen und der Brandung des Atlantik zu. Jaschek spürte das Pochen seines Herzens und er spürte, wie sich Charlottes Wärme ausbreitete. Er streckte seinen Arm aus, Charlotte legte ihren Kopf darauf, und er kraulte behutsam ihre lockigen Haare. „Wie heißt du mit Nachnamen?" fragte er sie und sie antwortete: „Chatelais. Charlotte Chatelais!"

„Sch sch" machte er und Charlotte lachte.

„Was heißt Chatelais?" fragte er und Charlotte antwortete: „Das heißt kitzeln!" und fing an, Jaschek zu kitzeln. Bald lagen sie mehr über- als nebeneinander, kitzelten sich gegenseitig ab und strampelten und kicherten dabei.

Plötzlich wurde Charlotte ruhig und flüsterte Jaschek ins Ohr: „I'm happy that y o u are here and not Pierre!"

Jaschek flüsterte zurück, dass Pierre doch ein netter Kerl wäre, und so witzig. Charlotte erwiderte, das stimme schon, aber er sei ihr Chef und habe keinen Respekt vor Frauen. Er meine immer, er könne alles bekommen.
„Er ist nicht so wie du!"
„Wie bin ich denn?"
„Du bist sehr, sehr nett!" antwortete Charlotte und gab Jaschek einen zarten Kuss auf den Mund.
„Hör mal", sagte sie, „ist das in Deutschland so üblich, dass die Frauen die Komplimente machen?"
„Manchmal schon!"
„In Frankreich nicht, Jaschek, da machen die Männer Komplimente und pfeifen den Frauen hinterher!"
„Aber ich bin so schüchtern!"
„Das glaube ich dir nicht!" sagte sie, drehte sich zu ihm herum und fing wieder an, ihn zu kitzeln. Jaschek hielt ihre Hände fest und küsste ihren Mund. „Du hast die schönsten grünen Augen, die ich je gesehen habe!" flüsterte er, „und eine niedliche Stupsnase - wie heißt das auf Französisch?"

Er lernte innerhalb der nächste Minuten in einem sehr speziellen und intensiven kleinen Sprachkurs die französischen Wörter für Mund, Haare, Grübchen, Ohren, Zunge, Hals, Schulter, Brüste, Bauch und so manches mehr, so etwa den Unterschied zwischen „beißen" und „küssen". Jaschek war ein sehr gelehriger Schüler und musste die neuen Vokabeln immer noch einmal wiederholen und zum sicheren Abspeichern mit dem jeweilig zugehörigen Objekt durch verschiedenartige Berührungen verknüpfen. Dies gelang mit der Zeit immer besser und bald genügten ihm die Berührungen alleine, um die Vokabeln vor seinem geistigen Auge erscheinen zu lassen, er brauchte sie gar nicht mehr auszusprechen, das war jetzt auch gar nicht mehr möglich, da sein Mund immerfort anderweitig beschäftigt war und nicht mehr zum Sprechen kam.

Charlotte schien das ganz recht zu sein. Sie schien die nonverbale Fortführung des Sprachkurses sehr zu genießen und beschränkte sich nun auf Lautäußerungen, die der Sprache nicht mehr zugerechnet werden können. Jaschek wurde plötzlich bewusst, dass man sie beide außerhalb des Zelts nicht nur sehr gut hören, sondern auch sehr gut sehen konnte, denn die Kerze warf ja noch flackernde Schatten. Er flüsterte Charlotte ins Ohr: „Ich lösche die Kerze, jeder kann uns sehen!"

Sie flüsterte zurück: „Kein Problem, von mir aus kann es der ganze Zeltplatz sehen!" und biss ihn ins Ohrläppchen, dass er quiekte. „Und hören können sie uns auch!" lachte sie. „Darf man das in Deutschland nicht?"

Der nonverbale Teil des Sprachkurses war nun beendet, ohne zu einem wirklichen Abschluss gekommen zu sein, denn die kleine Unterhaltung hatte dazu geführt, dass die Energien sich aus gewissen Objekten zurückgezogen hatten und jetzt wieder ins Sprachzentrum in der linken Hirnhälfte flossen. Jaschek fand das sehr bedauerlich. Er merkte, dass er sich im Reich der Sprache sicher und zu Hause fühlte, während das Emotionale für ihn unsicheres Terrain war, ein Abenteuer, ein Ausflug ins Unbekannte. Es bereitete ihm großes Vergnügen, Herzklopfen, aber anscheinend auch Angst, so dass er wieder zur Sprache zurückkehrte, die ihm vertraut erschien.

„Charlotte, entschuldige, ich hab's vermasselt. Ich bin kein Held im Bett!"

Charlotte machte: „Pssst!" und verschloss mit ihrem Zeigefinger seinen Mund. Sie flüsterte ihm ins Ohr: „Ich will keinen Helden im Bett! Die gibt's in Frankreich genug! Alles ist gut so, wie es ist!"

Dann küsste sie Jaschek so leidenschaftlich, dass alle Energien aus seiner linken Hirnhälfte fortgesaugt wurden und er nicht mehr wusste, ob er Weiblein oder Männlein war. Er wurde fortgerissen von den schäumenden Wogen des Atlantik, die er im Hintergrund rauschen hörte, und deren Rhythmus von Kommen und Gehen sich vermischte mit dem Rhythmus ihrer Bewegungen und ihres Atmens. Als er wieder zu sich kam, saß Charlotte neben ihm und rauchte die Zigarette danach. Alles war gut und Jaschek war sehr glücklich. Charlotte warf die Fluppe aus dem Zelt und kuschelte sich an ihn.

„Wie heißt noch mal dies?" fragte Jaschek und legte seine Hand auf Charlottes kleine, vorwitzige Brust. „Petit pains!" seufzte Charlotte, schloss die Augen und drehte ihren Kopf zum Schlafen zur Seite. Jaschek wusste, das war nicht die richtige Vokabel, war aber zu müde, um weiter darüber nachzudenken und schlief mit einem seligen Lächeln auf den Lippen ein.

Der nächste Morgen stand im Zeichen des Abschieds. Die Franzosen wollten weiter nach Süden, an die Algarve. Jaschek kam ja daher und hatte abends die Verabredung mit Kathi am Bahnhof von Porto. Nach einem opulenten Abschiedsfrühstück, das schon fast als Mittagessen bezeichnet werden konnte, verabschiedete sich Jaschek von seinen neuen französischen Freunden und tauschte mit Charlotte Adressen aus. Während Pierre, René und Natalie schon im Auto warteten, zelebrierten Charlotte und

Jaschek einen immer länger werdenden, intensiven Abschiedskuss.

„Prudent avec la langue, mon chèr!" hauchte Charlotte. Jaschek lächelte und registrierte in diesem Augenblick, dass die Franzosen tatsächlich für „Zunge" und „Sprache" das gleiche Wort benutzen.

„Au revoir, ma belle ‚Ch Ch'! I will never forget that night!"

Als der Citroën in einer Staubwolke verschwunden war, fiel Jaschek ein, was „petit pains" waren. Brötchen! und er flüsterte ihr noch hinterher: „I will never forget your petit pains!"

Jaschek wischte sich die Tränen aus den Augen und ging zu seiner Pinie zurück, wo sein Rucksack auf ihn wartete und sein Schlafsack zum Lüften ausgelegt war. In diesem Augenblick kam der Holländer aus seinem Caravan mit zwei Gläsern Calvados, reichte Jaschek eines davon und sagte: „Hier, trink, ich glaube, du kannst das jetzt gebrauchen!"

Bademeister, Basken und Bären

„Monsieur Jaschek, wissen Sie, wo Sie sich am 12.8.1982 aufgehalten haben?"

Jaschek erzählt dem Haftrichter die Geschichte vom schwulen Bademeister, der ihn als Tramper von der spanischen Grenze nach Biarritz mitgenommen hat.

„Sind Sie sicher, dass Sie Monsieur Ezcurra nicht schon vorher kannten?"

„Ja Monsieur, ich habe den Namen zum ersten Mal auf dem Klingelschild gelesen an seinem Appartementhaus in Biarritz, und ich hätte ihn auch nicht behalten."

„Wann verließen Sie die Wohnung von Monsieur Ezcurra?"

„Abends, es war noch hell."

„Was taten Sie dann?"

„Ich verließ Biarritz so schnell ich konnte und trampte zurück nach Köln, wo ich am 14. August abends ankam."

„Sind Sie sicher, dass Monsieur Ezcurra noch lebte, als Sie seine Wohnung verließen?"

„Absolut sicher, Monsieur. Er rief mir ja noch hinterher wegen meines Schlafsacks und meiner Notizen."

„Ist dies hier Ihre Schrift?" Er reicht Jaschek einen verknitterten und ausgeblichenen Zettel, die Schrift ist kaum mehr zu erkennen, aber es ist unverkennbar Jascheks unleserliche Klaue.

„Ja, Monsieur, ich hatte mir zwei mögliche Übernachtungsadressen notiert."

„Warum kannte Sie keiner der Adressaten oder wusste etwas von einer Übernachtung? Haben Sie dort übernachtet?"

„Nein, Monsieur. Ich hatte den Zettel ja dagelassen und wusste die Adressen nicht auswendig. Ich hatte sie von anderen Reisenden als Empfehlung mitbekommen, es dort zu versuchen und schöne Grüße auszurichten."

„Reisen Sie immer so?"

„Inzwischen nicht mehr, nein, aber damals schon."

„Wo waren Sie in den Tagen vor dem 12.8.1982?"

„Ich kam aus Portugal und machte Station in Santiago de Compostela und Laredo, machte einige Tage Urlaub mit Freunden in Asturien und in den Pyrenäen und reiste dann schließlich über San Sebastian zur französischen Grenze, wo mich Monsieur Ezcurra in seinem Wagen nach Biarritz mitnahm."

„Aha, Laredo und San Sebastian sagen Sie, sehr interessant …"

Hier schaltet sich Schorsch ein: „Monsieur, entschuldigen Sie die Unterbrechung, aber stimmt es, dass die Leiche von Monsieur Ezcurra nie gefunden wurde?"

„Das entspricht den Tatsachen, ja, Monsieur Krafeld."

„Wir haben es also mit einem Mord ohne Leiche zu tun?"

„In der Tat. Da die Wohnung von Monsieur Ezcurra verwüstet wurde, sein Tresor aufgebrochen und alle Wertsachen entwendet wurden, geht die Polizei allerdings von einem Raubmord aus, denn Ezcurra war ja am 12.8.1982 in seiner Wohnung."

„Die Möglichkeit, dass Ezcurra sich mit seinem Vermögen aus dem Staub gemacht hat, hat die Polizei natürlich in Erwägung gezogen?"

„Ja natürlich. Aber wozu sollte er dafür seine Wohnung verwüsten und seinen eigenen Tresor aufbrechen?"

„Damit es so aussah, als hätte ein Überfall stattgefunden, vielleicht?"

„Sicherlich wurden alle Möglichkeiten in Erwägung gezogen und überprüft, das können Sie mir glauben. Gegen Ihre Theorie spricht die Tatsache, dass Ezcurra, sollte er tatsächlich noch leben, eine nicht unbeträchtliche Summe auf seinem Bankkonto nicht angerührt hat."

„Bis heute nicht?"

„Das werde ich überprüfen lassen. Gegen Ihre Theorie spricht auch die Tatsache, dass Blutspuren in der Wohnung gefunden wurden."

„Von Ezcurra?"

„Eindeutig. Er war Blutspender. Sehen Sie, es ist nicht so einfach, wie Sie denken und für Ihren Mandanten wahrscheinlich auch erhoffen. Es gibt ja viele Wege, eine Leiche so verschwinden zu lassen, dass sie nie wieder auftaucht, das wissen Sie selbst. Sie sehen, dass wir sehr gesprächsbereit und kooperativ sind, um Licht in das Dunkel dieser alten Geschichte zu bringen. Und nun gestatten Sie, dass ich wieder die Fragen stelle ..."

Damit wendet er sich wieder Jaschek zu: „Monsieur Jaschek, Sie sagten, Sie waren einige Tage vor dem 12. August in Laredo. Dies ist sehr interessant, weil nämlich genau dort einige Tage vor dem Mordfall in Biarritz ein spanischer Geschäftsmann ermordet wurde. Das ist schon etwas mehr als Zufall, nicht wahr? Wie haben Sie eigentlich Ihre Reise finanziert, Monsieur Jaschek?"

„Ich brauchte ja nicht viel, ab und zu mal ein Ticket für die Bahn, ansonsten machte ich Autostopp, schlief im Freien und brauchte nur ein wenig Geld für Essen und Trinken. Ich war doch nicht der Einzige, Monsieur. Viele waren damals so unterwegs wie ich, man kam für vier oder fünf Wochen locker mit 500 Mark aus, das sind heute 250 Euro. Ich hatte auch mein Postsparbuch dabei, für Notfälle und als Reserve."

„Gibt es dafür Belege?"

„Nein, ich glaube nicht. Ich bin schon lange nicht mehr Kunde bei der Postbank und glaube nicht, dass ich die alten Sparbücher aufgehoben habe. Nein bestimmt nicht, tut mir leid. Aber Sie können sicher sein, dass ich mit irgendwelchen Morden nichts zu tun habe, weder in Frankreich, noch in Spanien, noch irgendwo anders."

„Das würde ich gerne, aber zunächst einmal werden wir warten müssen, was die spanische Polizei uns an Unterlagen schickt. Die sollten eigentlich heute schon hier sein, aber die Kooperation ist zuweilen etwas kompliziert. Ich würde Sie bitten, bis morgen die zwei Wochen vor dem 12.8.82 so detailliert wie möglich zu dokumentieren, damit wir dann zügig weitermachen können. Je detaillierter und kooperativer, desto besser für Sie."

Damit entlässt der Untersuchungsrichter die beiden. Jaschek ist völlig niedergeschlagen. Er fühlt sich wie in einem Labyrinth, immer wenn irgendwo ein Licht zu sehen ist, gibt es wieder neue Hindernisse und Richtungsänderungen ins Dunkel. Auch Schorsch sieht nicht besonders glücklich aus, auch wenn er es sich nicht anmerken lassen will. Er klopft Jaschek auf den Rücken: „Respekt, mein Lieber, du bist ja wirklich weit herumgekommen damals! Und du warst anscheinend immer zur richtigen Zeit am richtigen Ort!"

„Du meinst, zur falschen Zeit am falschen Ort! Langsam glaube ich, das ist ein Komplott!"

„Ein Kompott?"

„Hör auf, mir ist nicht nach Witzchen zumute. Welches kranke Hirn hat sich so etwas ausgedacht - und warum bricht dieser ganze Mist ausgerechnet über mich herein?"

„Vielleicht solltest du mir mal alles erzählen, was du auf deiner Reise so erlebt hast, damit wir nicht immer neue Überraschungen erfahren?"

„Das würde zu lange dauern!"

„Aber es fängt an, mich wirklich zu interessieren. Ich glaube nicht, dass ich schon mal eine vergleichbare Reise gemacht habe."

„Wir haben nicht so viel Zeit, Schorsch. Bis morgen müssen wir dagegen halten können, irgendetwas mit den Morden in Biarritz und Laredo zu tun zu haben."

„Dann erzähl jetzt bitte mal die letzten beiden Wochen vor der Bluttat von Biarritz!"

„Wenn es überhaupt eine Bluttat gab! Glaubst du daran?"

„Ich glaube gar nichts mehr, seit ich in die Abgründe deiner Vergangenheit blicke. Da gibt es doch bestimmt noch jede Menge Überraschungen, oder?"

„Schauen wir mal. Vom Norden Portugals bin ich mit der Bahn nach Galicien eingereist, nach Vigo, glaube ich. Von dort bin ich nach Santiago weiter getrampt, ich wollte diese Wallfahrtskirche da sehen."

„Und? Hast du sie gesehen?"

„Ja, aber es war so ein Gewimmel von Leuten dort. Ich kam ja mehr oder weniger aus der Einsamkeit, das war ein richtiger Schock für mich, so viele Menschen auf einem Haufen. Ein kurzer Blick ins Innere und der beißende Geruch von Weihrauch reichte aus, um mich schnell wieder zu vertreiben. Ich suchte mir eine billige Unterkunft in der Stadt und hatte von dort am nächsten Morgen einen tollen Lift, der mich in einem Rutsch bis in die Nähe von Bilbao brachte, nach Laredo. Den Namen hab ich behalten, weil er so exotisch klang, nach Cowboys und Sonnenuntergang. Dort kam ich am Abend an, bei Sonnenuntergang, wenn ich nicht irre ..."

„Wo hast du geschlafen?"

„Ich habe ein paar Kilometer außerhalb des Städtchens an einem fast ausgetrockneten Fluss ein schönes Plätzchen gefunden, unter einer alten Brücke, ganz ruhig, ganz idyllisch, da wollte ich übernachten."

„Wieso wollte?"

„Ich kam nicht dazu. Als ich abends gemütlich am Fluss saß und einen Kanten Brot und etwas scharfe spanische Hartwurst aß, kamen drei Männer, die die Abendsonne an der Brücke genossen und sich angeregt unterhielten. Dann entdeckten sie mich und winkten mich heran. Ich verstaute die Reste meiner Mahlzeit in meinem Rucksack, den ich gut versteckt unter einem der Brückenpfeiler deponiert hatte, ging nach oben und gesellte mich zu den Dreien. Sie luden mich zu einem Bier ein, das sie mitgebracht hatten, und wollten von mir wissen, wo ich herkäme, wo ich hinwollte - das übliche eben. Ich hatte am Anfang etwas Mühe, mich nach dem portugiesischen Singsang wieder auf das härtere, aber gleichmäßigere Spanisch einzustellen, aber nach einer kurzen Zeit klappte das ganz gut. Ich meinte, das Wichtigste zu verstehen und mich auch einigermaßen verständlich machen zu können. Ab und zu sprachen sie untereinander allerdings in einer Sprache, die ganz anders als Spanisch klang und von der ich überhaupt nichts verstand. Portugiesisch war es auf jeden Fall nicht, und auch nicht Galizisch, das klingt ja eher wie eine Mischung aus Spanisch und Portugiesisch."

„Ich wusste gar nicht, dass du so ein Sprachgenie bist!"

„Bin ich auch gar nicht. Aber für die Alltagsdinge, Fragen, Bestellungen usw. braucht man ja nur eine sehr begrenzte Anzahl an Vokabeln und Redewendungen, und wenn man einmal heraus hat, wie sich die Worte auf Spanisch statt auf Portugiesisch anhören, dann läuft das ganz gut. Um mich richtig zu unterhalten, reichte es natürlich lange nicht. Eher so wie meine dürftigen Französisch-Brocken, so eine Art Gastarbeiter-Slang für den Alltag und zum Überleben."

„Mein Respekt steigt. Du bist ja eine Allzweckwaffe."

„Lass mal die Waffen aus dem Spiel, mit Waffen hab ich's nicht so, das weißt du doch. Zurück zur Geschichte: Es blieb nicht bei einer Flasche „Cerveza", die drei Spanier hatten noch mehr mit. Sie freuten sich von mir zu hören, dass das spanische Bier gar nicht so übel sei. Nur leider ein bisschen warm. Sie betrachteten mich anscheinend als so eine Art exotische und jugendliche Belebung ihres Alltags. Schließlich drängten sie mich, sie wollten mir noch etwas ganz Besonderes zeigen, ganz in der Nähe. Ich verstand aber nicht, was. Ich würde viel Spaß haben und sie wollten mich unbedingt mit dabei haben. Ich war mir etwas unsicher, ob ich meine Sachen alleine unter der Brücke zurücklassen sollte, aber ich war ja ganz naiv und voller Vertrauen damals und dachte, Gelegenheiten soll man nutzen, wenn sie sich bieten. Fünf Minuten später saß ich bei den Spaniern im Auto auf der Rückbank und wir kurvten mit diesem großen Peugeot auf einer staubigen Piste durch die menschenleere Landschaft. Mir wurde etwas mulmig auf dem Rücksitz, der Fahrer fuhr sehr sportlich.

Plötzlich tauchte ein Haus auf, vor dem wir anhielten. Ich meine, es war rot, aber vielleicht täusche ich mich auch. Die Fensterläden waren geschlossen, aber eine brennende Laterne baumelte über dem Eingang. Meine spanischen Begleiter waren während der Fahrt immer lauter und ausgelassener geworden, ich verstand nichts mehr von dem, was sie sich zuriefen und mir schien, als ob sie mich gar nicht mehr richtig wahrnahmen. Mein mulmiges Gefühl im Magen verstärkte sich beim Aussteigen und spätestens, als wir ins rote Haus eintraten, dämmerte mir, wo ich gelandet war. An einem großen Tresen begrüßte uns eine schon etwas verblühte und auffallend stark geschminkte Frau mit einem Dekolleté, das mehr Einblick gewährte als gut war. Eine Art Begrüßungssekt wurde heruntergekippt, und ehe ich mich versehen hatte, waren die anderen drei schon in irgendwelchen dunklen Räumen verschwunden. Ich geriet in Panik, als die Puffmutter sich fragend zu mir als Übriggebliebenem über den Tresen beugte, und dabei noch die letzten schrecklichen Geheimnisse ihres spärlichen Dekolletés preisgab. Ich hatte keine Ahnung, was dort auf mich wartete, wollte es auch nicht wissen, und stürzte aus dem Haus, das krächzende Lachen der Alten im Ohr."

„Alle wollten dir an die Wäsche, was? Der Sportlehrer in Biarritz, die Puffmutter ... Dachtest du, du müsstest mit ihr aufs Zimmer?"

„Ich dachte gar nichts, ich war nur in Panik. Ich wollte nicht in einen Puff, und schon gar nicht in einen spanischen. Ich hatte Angst und war wütend auf meine Begleiter, die sich auf meine Kosten anscheinend einen Spaß machten, nur um mich in Angst und Schrecken zu versetzen und mir zu zeigen, was spanische Männer für tolle Kerle sind."

„Du bist aber ein ganz schön anspruchsvoller Kunde, mein Lieber. Vielleicht hatten die drei ja für dich mitbezahlt und wollten dir als jungem, unerfahrenen Ausländer mit wenig Geld mal eine richtige Freude machen und zeigen, was das Leben so bietet?"

„Meinst du das ernst? Auf die Idee kam ich damals überhaupt nicht. Ich hatte eher den Eindruck, sie wollten einem naiven Hippiejungen mal einen richtig derben Streich spielen."

„Was passierte weiter?"

„Mir war schrecklich übel vom warmen Bier, Sekt und allem, was ich gesehen hatte. Ich verfluchte die drei und stolperte auf der staubigen und kurvigen Piste den langen Weg zurück bis zur Brücke. Bestimmt eine Stunde bin ich zurückgelaufen. Dort war ich glücklich, wenigstens meinen Rucksack unversehrt vorzufinden, suchte mir einen schönen Platz zum Schlafen, schaute noch eine Weile in den Sternenhimmel und schlief dann ein."

„Bist du am nächsten Tag nach Santiago zurückgefahren?"

„Nein, ich hatte genug und trampte weiter Richtung Osten."

„Hast du die drei noch gesehen?"

„Nein, ich habe sie aber wahrscheinlich gehört, als sie mit dem Auto über die Brücke fuhren. Sie waren betrunken und grölten irgendetwas aus dem Fenster. Aber ich glaube nicht, dass sie mich gesehen haben."

„Wusstest du ihre Namen?"

„Sie haben bestimmt ihre Namen genannt, ich habe sie aber nicht behalten."

„Gab es irgendwas, was du ihnen gegeben hast?"

„Oh ja, jetzt wo du es sagst, fällt es mir wieder ein. Als ich zu ihnen auf die Brücke kam, hatten sie keinen Flaschenöffner für ihr Bier. Sie fragten mich, ob ich so etwas hätte. Der eine zeigte mir noch seinen abgebrochenen Schneidezahn und erklärte mir, das käme vom Bieröffnen mit den Zähnen. Ich band mein rotes Schweizer Taschenmesser von der Hose los, wo ich es immer befestigt hatte, und gab es ihm, leider. Da noch viele Flaschen geöffnet wurden, vergaß ich am Schluss, mir mein Messer zurückgeben zu lassen. Ich vermisste es am nächsten

Tag sehr und musste mir unterwegs ein neues kleines Messer kaufen."

„Waren alle drei Spanier?"

„Ja, zumindest sprachen alle fließend Spanisch und ein fürchterliches Englisch, das schlechter war als mein rudimentäres Spanisch. Und dann eben noch diesen völlig unverständlichen Dialekt, vielleicht war es Baskisch."

„Wie ging es dann weiter?"

„Ich hatte eine Verabredung an einem Leuchtturm im Baskenland, ein kleiner Ort, aber den Namen weiß ich nicht mehr. Vielleicht kannst du für mich mal eine Spanienkarte auftreiben, dann kommt die Erinnerung bestimmt wieder. Ich hatte mich mit Lisa und Robert aus Köln an meinem Geburtstag am 3. August verabredet. Nachmittags, zum Kuchen essen und Sekt trinken."

„Und? Klappte die Verabredung?"

„Leider nicht. Die beiden waren mit ihrem VW-Bus durch die Tarn-Schluchten in Frankreich gefahren, wunderschön, aber es zieht sich, und wenn man einmal da unten ist, kommt man schwer wieder nach oben. Dadurch hatten sie auf ihrer Anreise einen Tag länger gebraucht, als eigentlich geplant war, und ich musste meinen Geburtstagskuchen alleine essen. Das war ein bisschen traurig und einsam dort am 3. August unter dem Leuchtturm. Umso größer war die Wiedersehensfreude am nächsten Tag. Sie hatten wirklich Sekt mit, sogar gekühlt, denn der VW-Bus hatte eine Campingeinrichtung und einen kleinen Kühlschrank. Luxus pur! Das habe ich immer genossen, ab und zu ein bisschen Luxus mitten im kargen Tramperleben."

„Schön, was dich so begeistern kann! Du hast dich also am 4. August mit deinen Freunden im Baskenland getroffen?"

„Definitiv!"

„Weißt du, wie lange du von Laredo bis dorthin gebraucht hast?"

„Nicht genau, nein. Aber eigentlich kann ich mich nur an eine Übernachtung erinnern an einem wilden Gebirgsbach. Ich war abends dort angekommen und hatte mein Lager aufgeschlagen. Durchgeschwitzt von der Hitze war ich und freute mich auf ein kleines Bad. Ich musste über große Steine klettern, das Wasser war fast grün, klar, und sah sehr verlockend aus. Ich stieg hinein, es war eiskalt und die Strömung sehr stark. Ich wurde sofort mitgerissen, fand das am Anfang noch herrlich spannend und ließ mich ein Stück mittreiben. Als ich allerdings versuchte, zu stehen, und immer wieder weitergerissen wurde, bekam ich richtige Angst, gegen Felsen geschleudert zu werden und gar nicht mehr herauszukommen. Panisch klammerte ich mich an einen überhängenden Ast, der war meine Rettung. An diesem Ast zog ich mich schlotternd vor Kälte und Entsetzen aus dem Eiswasser. Ich musste mich, splitternackt wie ich war, eine halbe Stunde durch stachelige Brombeerbüsche am Ufer kämpfen, bis ich endlich wieder zurück bei meinen Sachen war, blutig zerkratzt und völlig erledigt. Seitdem habe ich einen großen Respekt vor Gebirgsflüssen."

„Den hättest du ja auch schon vorher haben können!"

„Woher denn? Nee, diese Erfahrungen muss man anscheinend selbst machen, dann ist der Respekt echt."

„Wenn du meinst. Wenn ich das richtig sehe, könnte also der Zeitplan so ausgesehen haben: 31. Juli: Santiago de Compostella, 1. August: Laredo und Besuch im Puff, 2. August: Übernachtung im Gebirge und Survival-Training im Eiswasser, 3. und 4. August: Leuchtturm in dem baskischen Städtchen, dessen Namen wir vielleicht noch herausbekommen?"

„Das hört sich gut an, ja, so könnte es gewesen sein. Die lange Strecke zwischen Santiago und Laredo bin ich mit einem Geschäftsmann mitgefahren, im Mercedes glaube ich. Das kam nicht so oft vor, dass einen so schicke Autos mitnahmen. Der brauchte jemanden, der ihn unterhielt."

„Das erleichtert die Recherche. Kein schwuler Bademeister unterwegs?"

„Nein, alles störungsfrei, soweit ich mich erinnere."

„Dann bräuchten wir jetzt noch die Zeit zwischen dem 4.8. und dem 12.8. Dabei könnten auch Lisa und Robert mithelfen, falls sie sich daran erinnern."

„Bestimmt. Ich bin sicher, dass sie sich erinnern. Es wäre gut, wenn du ihre Nummer herausbekommst und sie anrufst."

„Dann werde ich mich jetzt mal zurückziehen und ein bisschen telefonieren. Wir machen dann später weiter. Ich bring dir eine spanische Landkarte mit."

„Das ist prima, danke."

Seltsam, dass man einen Urlaub, der so lange zurückliegt, noch so plastisch vor Augen haben kann, denkt Jaschek. Er fühlt sich immer mehr wie der 25-jährige Jaschek, voller Entdeckerlust, naiv, optimistisch und offen für alles, was ihm begegnet. Was war das für eine tolle Zeit gewesen damals. Und doch gibt es anscheinend Abgründe, die sich jetzt erst, 29 Jahre später, auftun. War das alles Zufall? Oder gab es da jemanden, der ein böses Spiel mit ihm trieb? Jaschek ist von Hause aus eigentlich nicht misstrauisch. Es gibt Leute, die er von vornherein nicht leiden kann, gut, und für solche Leute ist es ganz schwer, ihren ersten, ungünstigen Eindruck auf Jaschek noch zu ihren Gunsten zu korrigieren. Aber allen anderen vertraut er erst einmal und ist meistens damit auch ganz gut gefahren. Für Jaschek sind die Menschen gut, und Ausnahmen bestätigen die Regel.

Für Lisa und Robert hätte er jederzeit seine Hand ins Feuer gelegt. Er kennt sie gut aus seiner Studienzeit, hat Lisa das Gitarrespielen beigebracht und mit beiden in Köln öfter etwas unternommen. Sie sind absolut unkompliziert. Dass die beiden ein Paar waren, störte nicht weiter. Sie waren beide offen und mussten auch nicht dauernd alles zu zweit machen. Am ersten Abend zum Beispiel wollte er am Strand schlafen. Lisa fand die Idee toll, Robert wollte lieber in seinem Campingbus-Bett bleiben. Sie zogen los und suchten sich eine Lagerstatt an den Dünen, weit genug vom Wasser entfernt. Es war wunderbar, in den Sternenhimmel zu gucken, zu erzählen und die Brandung zu hören.

Mitten in der Nacht wurden sie von einer lauten Männerstimme geweckt. Sie sollten sofort aufstehen und weggehen, die Flut würde kommen, verstanden sie den aufgebrachten Mann, der vor ihnen stand und laut gestikulierend in Spanisch auf sie einredete. Schlaftrunken rafften sie ihre Sachen zusammen und trotteten zum VW-Bus zurück. Sie schauten hinüber zum Meer, das Wasser war zwar näher gekommen, aber immer noch in respektvoller Entfernung. Lisa kletterte zu Robert hinein, Jaschek legte sich neben den Bus und träumte wild von Riesenwogen, unter denen sie in ihren Schlafsäcken am Strand begraben wurden, begleitet von den krächzenden „Cuidado!"-Schreien des spanischen Lebensretters, der nichts mehr für sie tun konnte. Diese Schreie verwandelten sich in Möwenschreie, und als Jaschek morgens wach wurde, kreisten Möwen am bewölkten Himmel. Es sah nach Regen aus.

Nach einem kleinen gemütlichen Frühstück im Bus gingen sie noch einmal an den Strand hinunter und sahen, dass keine Gefahr für sie bestanden hätte. Aber manchmal war es vielleicht besser, wenn man zu vorsichtig als zu wagemutig war. Sie beschlossen, zu den Picos de Europa in Asturien zu fahren. Dort waren sie ein oder zwei Tage am Strand und in den Bergen, es war sehr schön dort, allerdings wurde das Wetter immer schlechter und die Einheimischen erzählten, Asturien wäre ein einziges Regenloch im Sommer. Deshalb wechselten sie die Richtung und fuhren in die Pyrenäen. Dort hatten sie tatsächlich mehr Glück mit dem Wetter und verbrachten ein paar schöne Tage in den Bergen.

Gebirgstouren wurden grundsätzlich ohne Planung, Karte oder anderen überflüssigen Aufwand durchgeführt. Ganz spontan nach dem Motto: „Guck mal, der Berg da, sieht der nicht toll aus? Da will ich rauf!" Also angehalten, Auto geparkt, Wanderschuhe angezogen und hinauf. Hindernisse wurden umlaufen, durch Bergbäche ging man an der günstigsten Stelle hindurch, nicht ohne sich ein bisschen erfrischt zu haben. Jaschek war nach seinen Erfahrungen etwas vorsichtiger geworden und schmiss sich nicht mehr einfach in die Fluten. Ansonsten war nicht der Weg das Ziel, sondern das Ziel war der Weg. Wenn es denn überhaupt einen richtigen Weg gab.

Irgendwo auf einem riesigen Geröllfeld unterhalb des Gipfels gab Lisa auf, nachdem sie ein paar Mal recht unangenehm mehrere Meter talwärts gerutscht war. Sie setzte sich auf einen großen Steinbrocken und sagte: „So, Männer, geht ihr mal weiter, ich bleib hier sitzen und warte, bis ihr vom Gipfel wiederkommt! Passt gut auf euch auf, ich will euch heil wiedersehen!" Gut zureden half nichts, sie wollte einfach nicht mehr. Robert und Jaschek zogen alleine weiter, den Blick immer zum Gipfel gerichtet. Das letzte Stück war purer Fels, Klettern war angesagt. Jaschek bekam doch ein bisschen Bammel, Robert ließ sich nichts anmerken und kämpfte sich Meter für Meter nach oben. Jaschek biss die Zähne aufeinander, hörte nicht auf sein heftig pochendes Herz und folgte Robert. Der Panoramablick von der Spitze war überwältigend, unten konnten sie Lisa sehen, die auf ihrem Stein hockte. Über ihnen kreisten Raubvögel und der Wind pfiff ihnen ordentlich um die Ohren, so dass sie schnell auskühlten.

„Gut, dass Lisa nicht weiter mitgekommen ist!" sagte Robert, „die wäre niemals hier mit nach oben rauf geklettert!"

Und nach einer kleinen Bedenkpause: „Vielleicht hat sie damit sogar Recht gehabt. Hast du schon mal überlegt, wie wir da wieder runter kommen sollen?"

Nein, hatte Jaschek nicht, sagte aber, optimistisch wie er nun mal war: „Wo man rauf gekommen ist, kommt man auch wieder runter!"

Das stellte sich dann doch schwieriger dar als gedacht, beide, Jaschek und Robert, hingen in der Folge mehrmals am Fels, die Finger in irgendeinen Vorsprung gekrallt und fragten sich, ob der wohl hält. Ein Bein in der Luft, immer auf der Suche nach einem Halt im Gestein. Jaschek war schweißgebadet und fing schon an, zu zittern. Als sie endlich wieder mit hochroten Köpfen und heftig erhöhtem Blutdruck bei Lisa auf dem Geröllfeld angekommen waren, schickte Jaschek ein kleines, stummes Dankgebet zum Berggott, der dafür gesorgt hatte, dass kein Felsvorsprung abgesplittert war, an den sie sich geklammert hatten.

„Wie war's da oben?" fragte Lisa fröhlich und erleichtert, als sie wieder am Geröllfeld ankamen.

„Super! Tolle Aussicht! Aber ein bisschen zu stürmisch!"

„Na, dann ist ja gut, dass ihr wieder hier seid, der Wind frischt ganz schön auf. Wenn wir uns beeilen, schaffen wir's vielleicht noch vor dem großen Regen zum Auto!" Sie ging voran, frisch und ausgeruht, die Jungs folgten hinterdrein mit schlotternden Knien und waren heilfroh, dass sie das zünftige Berggewitter im sicheren und warmen Kokon des VW-Busses von innen verfolgen durften. Zum Glück hatte Lisa die Orientierung behalten und sie zielsicher zum Bus gebracht, wo sie eintrafen, als die ersten dicken Tropfen fielen und die Blitze schon am Himmel zuckten.

Die nächste Bergtour am nächsten oder übernächsten Tag wurde dann vorsichtshalber doch auf einem richtigen Weg begonnen, der verheißungsvoll bergauf begann. Er führte mitten in die Wildnis und hinein in einen Urwald, der immer dichter wurde. Da der Tag sehr warm war, genossen die drei den Schatten der Bäume. Irgendwann sagte Jaschek: „Riecht ihr das auch? Irgendwas riecht hier ganz intensiv!" Nach einer Weile war es nicht mehr zu leugnen. Es roch nicht, sondern es stank, und je weiter sie gingen, desto bestialischer stank es. Als sie um eine Ecke bogen, sahen sie auch, wohin hunderte dicker, grün schillernder Schmeißfliegen flogen: Zwischen den Ästen eines großen Strauches hing ein riesiger, dunkler Kadaver.

Vor Schreck blieben sie erst einmal in sicherer Entfer-nung stehen. Aber es drohte keine Gefahr. Dieses imposante Tier war tot, und zwar schon länger. Es war im Zustand völliger Verwesung und andere Tiere hatten sich schon reichlich bedient. Beim Näherkommen sah man die braunen Fellreste und die Überbleibsel von großen Tatzen. Vom riesigen Kopf war kaum mehr etwas übrig geblieben. Ohne Zweifel hatte hier ein großer Braunbär sein Leben ausgehaucht. Nach andächtigem Staunen machten sich die drei schnell wieder auf den Rückweg, um dem Gesumm der Schmeißfliegen und dem Gestank zu entkommen. Schade, dass man den Fotoapparat im Auto vergessen hatte. So glaubten die Freunde später zu Hause, man tische ihnen ein Bären auf, wenn sie von dem Erlebnis erzählten. Nun gut, vielleicht hätten sie nicht übertreiben sollen, sie hätten den Bären erlegt ...

Getrennt hatten sich die drei nach den aufregenden Tagen in der Wildnis dann in San Sebastian. Dort hob Jaschek etwas Geld von seinem Postsparbuch ab, das funktionierte in Spanien prima und er bekam bei der Abhebung lustige spanische Stempel in sein Sparbuch. San Sebastian war Jaschek laut, hässlich und groß-städtisch vorgekommen, ein herber Kontrast zum Leben in der Natur. Aber für ein paar Einkäufe und einen Abschiedskaffee war es gut geeignet. Lisa und Robert wollten weiter ins Landesinnere, Jaschek zurück nach Deutschland. Man verabschiedete sich herzlich und dann war Jaschek wieder allein.

Forcadas

Beim morgendlichen Besuch bekommt Jaschek Croissants, einen Rasierapparat und eine Michelin-Karte von Spanien und Portugal mitgebracht, die er gleich ausbreitet: „Schau hier, da ist es doch, nördlich von Guernica: Bermeo!"

„Was ist da, bitte schön? Ein Picasso-Museum?"

„Nein, der Leuchtturm, an dem ich mich mit Lisa und Robert getroffen habe!"

„Na prima, ist das schon mal geklärt, da können wir jetzt nur noch hoffen, dass du da nicht auch noch jemanden ermordet hast!"

„Wie bist du denn heute drauf? I c h sollte deprimiert und zynisch sein, nicht du! Du bist mein Anwalt, du musst mich aufbauen und wieder hochpäppeln! Was ist los mit dir?"

„Ich habe die Akten eingesehen, die die französische Polizei von dem Mord in Spanien hat. Der Mord fand am frühen Morgen des 2.8.1982 in der Nähe von Laredo statt, an einer einsamen Gebirgsstraße. Der Mann wurde ausgeraubt und erwürgt in seinem Peugeot gefunden. In seiner Tasche befand sich ein Schweizer Taschenmesser, vermutlich deins. Zwei Freunde von ihm sagten aus, sie hätten mit ihm zusammen an dem Abend eine Sauf- und Bordelltour gemacht und dabei einen deutschen Studenten mitgenommen, den niemand kannte. Auch die Bordellbesitzerin erinnerte sich daran. Die beiden Freunde haben ausgesagt, sie wären auf der Rückfahrt ausgestiegen und zu Fuß nach Hause gelaufen, weil Tomas

Forcadas, so hieß der Ermordete, nicht mehr fahrtüchtig war. Der deutsche Student sei dann mit ihm alleine wietergefahren. Die Fahndung nach dem allein reisenden deutschen Studenten blieb erfolglos."

„Sag mal, willst du mich auf den Arm nehmen? Das hast du dir doch ausgedacht, oder?"

„Leider nicht. Und da ich deine Version gestern Abend gehört habe, weiß ich, dass alles prima zusammenpasst. Du hast sozusagen deine Finger in zwei Mordfällen! Und nicht nur deine Finger. In Biarritz der Notizzettel, in Santiago dein Taschenmesser!"

„Aber diese Männer haben falsch ausgesagt, und die Puffmutter auch! Ich bin nicht mit zurückgefahren!"

„Die Bordellbesitzerin hat ausgesagt, du seist sehr schnell wieder gegangen, das passt mit deiner Aussage zusammen. Aber die beiden Freunde von Forcadas gaben zu Protokoll, du wärst im Bordell abgehauen, sie hätten dich dann aber auf der Rückfahrt wieder aufgegabelt!"

„Lügner! Die wollten den Verdacht auf mich lenken!"

„Das scheint ihnen auch gelungen zu sein. Im Mordprozess wurden beide aus Mangel an Beweisen freigesprochen!"

Schorsch räusperte sich lange und nahm noch einen Schluck Kaffee aus dem Pappbecher. „Und jetzt kommt noch ein unangenehmes Detail: Forcadas wurde erdrosselt. Mit einer dünnen Drahtschlinge, einer Gitarrensaite oder Ähnlichem."

Bei dem Wort „Gitarrensaite" schaute er Jaschek durchdringend an.

„Was willst du damit sagen? Glaubst du etwa, ich hätte damit wirklich irgendwas zu tun?"

„Du hast damit mehr zu tun, als du ahnst, mein Lieber. Natürlich glaub ich nicht, dass du ein Mörder bist. Sagen wir, ich weigere mich, dies in Betracht zu ziehen. Aber es kommen immer merkwürdigere Details zusammen, die es einem Außenstehenden schwer machen, an deine Unschuld zu glauben! Verstehst du, was ich sagen will?"

Jaschek starrte fassungslos vor sich hin. Er hatte Tränen in den Augen.

„Jaschek, gibt es vielleicht etwas, das du mir verschweigst? Hast du mir alles erzählt von Forcadas und seinen Freunden, oder hast du was übersprungen?"

„Ich hab's dir genauso erzählt, wie ich mich daran erinnern konnte und nichts weggelassen."

„Gab es Streit, vorher oder nachher?"

„Nein, es gab keinen Streit vorher. Und nachher hab ich die drei nicht mehr gesehen."

„Du bist also absolut sicher, dass du alleine zur Brücke zurückgegangen bist?"

„Absolut. Und ich war nicht betrunken: Ich hatte zwei kleine Flaschen Bier und diesen kleinen Begrüßungssekt im Puff getrunken. Mir war schlecht, aber nicht vom Alkohol. Und ich war wütend."

„Aber du hast die drei noch gehört?"

„Ich kann nicht beschwören, dass sie es waren. Ich habe später, als ich schon im Schlafsack lag, gehört, dass ein Auto über die Brücke fuhr und Männer auf Spanisch herumgrölten. Ich habe sie aber nicht gesehen. Ich habe bloß angenommen, dass sie es waren, weil es sonst nur sehr wenig Verkehr auf dieser Straße gab in jener Nacht und es einfach gut zusammenpasste."

„Und am nächsten Morgen?"

„Habe ich Autostopp gemacht. Aber daran habe ich keine richtige Erinnerung mehr. Ich muss irgendwo wieter in die Berge gekommen sein, bis zu diesem wilden Gebirgsbach, von dem ich dir erzählt hab."

„Bist du irgendwann mal von der Polizei kontrolliert worden?"

„Nein, darauf habe ich auch keinen gesteigerten Wert gelegt. Die *Guardia Civil* war damals noch eine finstere Truppe, halbmilitärisch und Franco treu ergeben. Man war sehr froh, wenn man mit denen nichts zu tun bekam."

„Und an der Grenze zu Frankreich?"

„Da saß ich ja bei Ezcurra im Sportwagen. Die schienen den da gut zu kennen, wir wurden durchgewinkt."

„Du bist also schon in Spanien bei ihm eingestiegen?"

„Ja irgendwo auf der Straße hinter San Sebastian hat er mich mitgenommen. Ich glaub, ich war kaum aus einem anderen Auto ausgestiegen, da hielt er schon an. Ich musste noch nicht mal den Daumen raushalten."

„Du hattest eine Gitarre dabei?"

„Nein!"

„Hast du mir aber erzählt!"

„Die Gitarre, die ich dabei hatte, wurde mir schon Wochen vorher in Südportugal am Strand von Romaleuten geklaut. Ich hatte sie mit meinem Gepäck zusammen etwas versteckt an einem Felsen deponiert, als ich runter ans Meer ging, um zu schwimmen. Als ich wiederkam, war der Rucksack noch da, aber die Gitarre weg. Ich war ganz niedergeschlagen, weil es meine absolute Lieblingsgitarre war, eine Hanika, von einem Gitarrenbauer aus Köln. So eine schöne Gitarre habe ich nie wieder gehabt. Als ich aus dem Wasser herauskam, sah ich, dass weiter entfernt Roma standen, die eine Gitarre dabei hatten. Und als ich dann bei meinen Sachen angekommen war, wurde mir klar, dass es meine Gitarre war, die sie da hatten. Als ich mit meinem Gepäck hinter ihnen her lief, waren sie natürlich schnell weg. Ich hätte auch alleine keine Chance gehabt."

„Was hast du dann gemacht?"

„Ich bin in das kleine Örtchen gegangen und hab die Polizei gesucht. Die Einwohner waren, wie sowieso fast überall in Portugal, sehr hilfsbereit und haben den Dorfpolizisten aufgespürt. Der hat sich meine Geschichte geduldig angehört und schien auch geschockt zu sein, dass so etwas bei ihnen passiert. Aber machen konnte er natürlich nichts. Er hat mir den Tipp gegeben, mein Gepäck nie irgendwo liegen zu lassen. Toller Tipp! Wie sollte ich denn im Meer baden mit Rucksack und Gitarre?"

„Du bist also anschließend ohne Gitarre weitergereist, sagst du?"

„Ja, sicher, mir blieb ja gar nichts anderes übrig. Fürs Tragen und Aufpassen war es ganz praktisch ohne. Aber ich war sehr traurig, ich hing sehr an dieser Gitarre. Ich hätte sie nicht mitnehmen dürfen. Aber die Erkenntnis kam leider zu spät."

„Und du hattest nicht zufällig noch eine Gitarrensaite in der Tasche, als du in Santiago warst?"

„Die Ersatzsaiten waren in der Gitarrenhülle, die mir zusammen mit der Gitarre geklaut wurden. Und ohne Gitarre machen Saiten auch wenig Sinn."

„Hätte ja sein können ..."

Eine Gesprächspause entsteht, in der Schorsch sich wieder räuspert und versonnen in seinen leeren Kaffeebecher schaut. „Hör mal, Jaschek, das Ganze hier übersteigt meinen kleinen deutschen Anwaltshorizont. Wir brauchen dringend kompetente Verstärkung von einem französischen Anwalt. Mir wächst das hier über den Kopf und vor allem machen die hier mit uns, was sie wollen. Es könnte sein, dass wir demnächst auch noch einen spanischen Kollegen brauchen."

„Wenn du das sagst. Du bist der Fachmann. Und du bist mein Freund. Ich verlass mich auf dich. Und ich hoffe, du verlässt mich nicht!"

„Jaschek, klar kannst du dich auf mich verlassen. Ich möchte bloß nicht als deutscher Anwalt hier im französischen Strafrecht herum dilettieren. Ich bleib aber dran, schon allein als Übersetzer!"

„Hast du denn jemanden, der kompetent wäre?"

„Ja, mein Kollege aus Marseille, Pagnol, mit dem habe ich schon mehrmals telefoniert. Wenn du einverstanden bist, übernimmt er offiziell deine anwaltliche Vertretung. Er könnte morgen vorbeikommen und alles Weitere regeln."

„Wenn du meinst, dass es so am besten ist, dann machen wir das so. Du bist aber dabei?"

„Aber ja. Ich lass dich nicht im Stich, Jaschek."

Der Anwalt aus Marseille

Jaschek ist nach einer fürchterlichen Nacht mit wenig Schlaf in den frühen Morgenstunden anscheinend doch noch erschöpft hinweg geschlummert. Als an seiner Tür geklopft wird, kommt er mitten aus dem Tiefschlaf und ist entsprechend schlecht sortiert. Taktvollerweise warten Schorsch und der Anwalt aus Marseille noch einige Minuten vor der Tür, in denen Jaschek sich kaltes Wasser ins Gesicht spritzt, mit den Fingern durch seine Haare fährt, sein Hemd in die Hose steckt, seine Brille aufsetzt und versucht, sich grob zu orientieren. Trotzdem scheint er noch ziemlich mitgenommen auszusehen, denn Schorsch entschuldigt ihn, als er Monsieur Pagnol, einem eleganten, kompakten Franzosen mit einem enormen, buschigen Schnäuzer, vorgestellt wird: „Mein Freund sieht nicht immer so schlimm aus wie heute Morgen! Hier Jaschek, wir haben dir Croissants und Milchkaffee mitgebracht, damit du erst einmal zu Kräften kommst!"

Während Jaschek frühstückt, stellt sich Pagnol vor und erklärt den Stand der Dinge aus seiner Sicht. Er wirkt sehr ruhig und freundlich und macht den Eindruck eines sehr gut informierten und strukturierten Menschen, für den es keine Probleme, sondern nur Lösungen gibt. „Monsieur Jaschek, mon ami Krafeld hat mir alles über Ihre etwas komplizierte und verwickelte Geschichte erzählt! Aber keine Angst, wir werden Sie da herausbekommen! Es fängt schon damit an, dass Mord in Frankreich nach zehn Jahren verjährt ist. Das ist zwar kaum zu glauben, aber, für Sie glücklicherweise, wahr! Das heißt für Sie: Ganz egal, ob Sie diesen Bademeister umgebracht haben oder nicht, sie können in Frankreich dafür nicht mehr belangt werden! Ich glaube Ihnen natürlich, dass Sie unschuldig sind."

„Sie sagen: in F r a n k r e i c h nicht?"

„Ja, sehen Sie, das muss noch abgeklärt werden. Wenn Ezcurra die französische Staatsangehörigkeit hatte, ist dieser Fall schon einmal vom Tisch."

„Und wenn er Spanier war?"

„Dann könnte die spanische Justiz die Auslieferung beantragen. Das hat sie aber bisher nicht getan, ganz unabhängig davon, ob diesem Ersuchen dann stattgegeben würde. Schließlich sind Sie ja deutscher Staatsbürger in französischer Untersuchungshaft, das macht die Sache etwas verzwickter."

„Was heißt das für mich?"

„Das heißt, dass die französische Justiz Sie hier nicht mehr lange festhalten kann, wenn aus Spanien in den nächsten Tagen kein Auslieferungsantrag kommt. Der Untersuchungsrichter hat sich auch schon darüber gewundert, dass auf spanischer Seite anscheinend niemand reagiert."

„Was könnte das bedeuten?"

„Erst einmal ist das natürlich gut für Sie. Der Name Ezcurra ist baskisch, so heißt ein kleines Nest in den baskischen Bergen. Da bis heute keine Leiche von Ezcurra gefunden wurde, kann es ganz gut sein, dass dieser Mann, vielleicht sogar durch offizielle Stellen gedeckt, damals untergetaucht ist und mit einer neuen Identität irgendwo anders lebt. Da kamen Sie als junger Mann gerade recht, um falsche Spuren zu legen. Aber das sind natürlich alles nur Spekulationen. Bliebe noch der Fall in Laredo. Und obwohl Laredo nicht baskisch ist, gleichwohl aber an der kalabrischen Grenze zum Baskenland liegt, könnte es sein, dass hier trotzdem eine Verbindung besteht."

„Eine Verbindung zu Escurra?"

„Ja, vielleicht. Sie haben geschildert, dass die drei Männer sich untereinander manchmal in einer sehr fremden Sprache unterhielten. Das könnte durchaus Baskisch gewesen sein. Baskisch ist eine Sprache, die mit keiner anderen europäischen Sprache irgendetwas zu tun hat. Als die spanischen Faschisten das Baskenland besetzt hatten, haben sie die Sprache verboten. Es war eine echte Geheimsprache, nur für Eingeweihte. Wer baskisch redet, kann ziemlich sicher sein, dass nur ein Baske ihn verstehen wird. Es gibt nur noch 600 000 Menschen, die diese Sprache sprechen. Der Ermordete, Forcadas, lebte im Baskenland, war aber Spanier. Es könnte gut sein, dass die anderen beiden Baskisch sprachen, wenn Forcadas nichts verstehen sollte. Bei Ihnen hätte es ja gereicht, wenn sie einfach schnell Spanisch gesprochen hätten, oder?"

„Ja sicher, ich kannte ja nur einzelne Wörter und Redewendungen auf Spanisch und konnte nur etwas verstehen, wenn man ganz langsam mit mir redete. Ja, es kann gut sein, dass immer nur zwei von den Dreien Baskisch sprachen. Ich weiß natürlich nicht, wer von ihnen Forcadas war, aber einer war etwas zurückhaltender und ruhiger, er war auch eleganter angezogen mit Hemd und Anzug, wenn ich mich richtig erinnere."

„Es ist ganz erstaunlich, wie gut Sie sich noch an eine Geschichte erinnern, die schon so lange zurückliegt."

„Ja, ich bin selbst erstaunt, aber die ganze Situation war so seltsam, dass sie sich mir tief eingeprägt hat. Es war so ähnlich wie in Biarritz: Alles war sehr bizarr und ungewöhnlich. Ich hatte an beiden Orten das Gefühl, ich befinde mich in einem skurrilen Film oder in einem völlig abgedrehten Traum, aus dem ich gleich aufwache."

„Das klingt mehr nach Alptraum als nach Film. Aber das Interessante am Film ist ja, dass dort etwas bewusst inszeniert wird, was die Schauspieler wissen, aber nicht die Zuschauer oder Statisten. Von daher finde ich Ihren Vergleich sehr anregend."

„Sie meinen, ich war ein Statist in einem abgekarteten Spiel?"

„Wir könnten ja einfach mal so tun, als ob es so wäre. Und da die Wahrscheinlichkeit sehr gering ist, zweimal kurz hintereinander ganz zufällig in zwei verschiedene Filme als Statist zu stolpern, können wir ja die Phantasie schweifen lassen, auf welche Weise beide Szenen vielleicht am Ende Teile des gleichen Films waren und sorgfältig inszeniert wurden."

„Sie scheinen schon eine bestimmte Idee zu haben ..."

„Ja, ich habe schon ein paar Phantasiefäden gesponnen, die aber noch nicht so ganz zueinander passen wollen. Viel wichtiger ist mir aber, dass Sie mir noch Ideen liefern, damit wir uns nicht in irgendwelchen Sackgassen verirren. Diese ganze Geschichte, die mir mon ami Krafeld da in allen Einzelheiten erzählt hat, hat mich sofort fasziniert. Ihr Vergleich mit dem Film oder Traum führt uns vielleicht auf die richtige Spur. Sie haben für beide Situationen ein ausgesprochen präzises Erinnerungsvermögen. Das sollten wir uns zunutze machen, um möglichst viele Details ans Tages-licht zu bringen und zu verwerten. Alles kann wichtig sein: Beobachtungen, Assoziationen, Gedanken, Gefühle, jede Nebensächlichkeit. Womit wollen wir anfangen?"

Jaschek trinkt seinen Milchkaffee aus, der inzwischen kalt geworden ist, während Pagnol, der ihn mit seinem Schnäuzer an den Sänger einer Kölner Karnevalstruppe erinnert und vielleicht auch darum schon sehr vertraut geworden ist, sich in einem kleinen Block fleißig Notizen macht. Jaschek fühlt sich fast wie in einer psycho-analytischen Sitzung und hat das starke Bedürfnis, sich bequem auf seine Pritsche zu legen. Als habe er seine Gedanken erraten, schaut Pagnol von seinen Notizen auf und ermuntert ihn: „Ja, legen Sie sich ruhig auf die Couch, wenn Ihnen danach ist! Mit welcher Szene fangen wir an?"

„Das ist mir egal, entscheiden Sie."

„Nein, es ist nicht egal. Sie haben eine ganz bestimmte Szene vor Augen, die sich Ihnen geradezu aufdrängt, mit der sollten wir anfangen."

„Woher wissen Sie das? Können Sie Gedanken lesen?"

„Wenn Sie das gerne glauben möchten, Monsieur Jaschek. Es geht hier nicht um mich, ich bin nicht so wichtig. Konzentrieren Sie sich auf sich selbst. Trauen Sie sich, die Augen zu schließen. Welche Szene sehen Sie?"

Jaschek jagt zum wiederholten Mal ein leichter Schauder den Rücken hinab. Obwohl er ihm ein bisschen Angst macht, ist ihm dieser Pagnol sehr vertraut und sympathisch, sonst würde er sich nicht auf so etwas einlassen. Was für eine verrückte Idee, in einer Untersuchungshaftzelle eine Phantasiereise auf der Pritsche zu machen! Wieso kann Pagnol in seinen Kopf gucken? Und wo hat er, Jaschek, so etwas schon einmal erlebt?

Tagtraum

Plötzlich sieht sich Jaschek in seinem Schlafsack unter der Brücke liegen. Er schläft nicht, sondern hat die Augen offen und guckt hinauf in die sternenklare Nacht. Es sind nur einige kleine Wolken am Himmel, der übersät ist mit

Sternen, so wie man sie zu Hause nie sieht. Er hat das Gefühl, mitten ins Weltall zu schauen. Er erinnert sich an die Geschichte, die ihm mal als kleiner Junge erzählt worden ist: Wenn ich da oben auf so einem Stern sitzen würde und mit dem Fernrohr auf die Erde hinunter gucken könnte, würde ich vielleicht sehen, wie Jesus gerade ans Kreuz genagelt wird. Oder, je nach Entfernung, wie die Ägypter ihre Pyramide bauen, oder wie die Saurier die Erde bevölkern. Das hat ihn damals tief beeindruckt und kommt als Erinnerung immer wieder hoch, wenn er in die Sterne guckt. Es ist ein wenig gruselig und doch tröstlich zugleich. *Someone is watching you*. Ich bin nicht allein. Die Vergangenheit ist noch gar nicht vorbei. Aber vielleicht die Zukunft. Das Leben ist ein Traum ...

Aus diesen Gedanken wird er durch ein Geräusch in weiter Ferne gerissen: Da kommt ein Auto! Jaschek schließt die Augen und kriecht tiefer in seinen Schlafsack. Er weiß, das sind die drei Spanier auf der Rückkehr vom Puff. Er will nicht, dass sie ihn sehen. Er will nichts mit ihnen zu tun haben. Er versteckt sich in seinem Schlafsack mit verschlossenen Augen wie ein Kind, das glaubt, es wäre für andere unsichtbar, wenn es einfach die Augen zumacht. Umso besser kann er nun hören, wie der Wagen über die Brücke rollt. Er hört laute und betrunkene Männerstimmen, die etwas auf Spanisch grölen, was er nicht versteht. Heiseres, kehliges Lachen ist auch dabei. Und noch etwas: ein Schiff, das leise vorbei tuckert. Dann ist wieder alles still.

Jaschek setzt sich mit einem Ruck auf. Er ist allein in seiner Zelle. Hat er geschlafen? Es scheint so. Trotzdem fühlt er sich hellwach und ganz klar im Kopf. Er merkt, wie das Blut in seinem Körper zirkuliert. Er weiß genau, was er gerade geträumt hat. Die Szene unter der Brücke bei Laredo. Was ist Neues an die Oberfläche seiner Erinnerung geraten? Er hat das Auto nicht gesehen, weil er die Augen geschlossen hatte! Dafür hat er alles umso besser hören können - das Auto, die heiseren Stimmen. Es ist unheimlich gewesen. Einer jener Momente auf der langen Reise, wo er sich gewünscht hätte, er wäre nicht alleine unterwegs.

Es hatte ein paar solcher Momente gegeben, allesamt nachts: eine Übernachtung auf einer Parkbank in einem Park in Sevilla, bei der er kein Auge zubekommen hatte. Und vor allem die gruselige Nacht in der einsamen Eremitage, mitten im Wald bei Coimbra in Portugal. Er war abends nach einem wunderschönen Spaziergang durch erst lichten, dann immer dichteren Laubwald an diese alten Mauerreste einer Einsiedelei gekommen und hatte beschlossen: Hier ist der richtige Platz für meine Nachtruhe. Die Vorstellung, als Eremit im Wald zu wohnen, war romantisch gewesen, er fühlte sich fast wie der heilige Franz, der mit den Tieren des Waldes sprach. Er hatte seine Brot-, Wurst- und Käsereste gegessen und dazu das frische Quellwasser getrunken, das er unweit der Einsiedelei in seine Aluflasche gefüllt hatte. Alles war friedlich und still, und als die Dämmerung das Tageslicht verdrängte, bettete er sich hochzufrieden mit sich und der Welt in das Laub, dicht an einer der alten Mauern, und genoss die Stille und Einsamkeit dieses verwunschenen Ortes.

Die Nacht brach schnell herein und plötzlich war es ganz finster und deutlich kühler. Er kroch tief in seinen Schlafsack und merkte, dass ihm nicht nur die Kälte in die Knochen fuhr. Ein leichter Abendwind war aufgekommen, er hörte das Rauschen der Äste und das Wispern der Blätter über ihm. Ein Käuzchen rief ganz in seiner Nähe so durchdringend und klagend, dass er ganz schwermütig wurde. Andere tiefe und unheimliche Vogelstimmen kamen dazu und er war inzwischen hellwach und angespannt wie ein Flitzbogen. In unmittelbarer Nähe knackten Zweige und raschelte Laub, er hörte das heisere Krächzen eines Raubvogels. Seine Phantasie ging mit ihm durch. Er stellte sich vor, wie alle unheimlichen Kreaturen dieses Waldes sich um seinen Schlafplatz herum versammelten und ihn beobachteten. Da fehlte nur noch der rastlose Geist des unglückseligen Eremiten, der hier einsam und verlassen gestorben war ...

In diesem Augenblick flog ein großer Vogel direkt an seinem Kopf vorbei, er spürte den Lufthauch, den der Flügelschlag ausgelöst hatte, in seinem Gesicht. Er sprang panisch auf, schüttelte seinen Schlafsack ab, packte ihn schnell zusammen und verstaute ihn in seinem Rucksack. Er zog Schuhe und Jacke an und lief fort, nein, er rannte fort, stolperte aber mehrmals über Baumwurzeln und musste sich immer wieder in der Dunkelheit orientieren, um nicht vom Weg abzukommen. Sein Herzschlag hämmerte und er war froh, sich bewegen zu können und die Angst aus den Knochen laufen zu können. Er machte erst Halt, als er zu einer Lichtung kam. Der freie Blick über die umliegenden Hügel bei fahlem, aber tröstlichen Mondschein und der mit Sternen übersäte Himmel machten ihn wieder ruhiger. Er setzte sich mit seinem Rucksack als Polster an einen Baum und schaute dankbar in die Weite, atmete tief und schlief dann im Sitzen beruhigt und getröstet ein.

Es klopft an der Tür und Schorsch kommt herein. Er lächelt breit und fragt: „Gut geschlafen? Wir wollten dich nicht weiter bei deinem Schlummer stören, da haben wir noch einen kleinen Gang durch die Stadt gemacht und ein paar wichtige Telefonate geführt. Pagnol musste zurück nach Marseille, aber er kommt morgen wieder. Du wirktest so entspannt und friedlich, dass wir dich unbesorgt hier alleine lassen konnten."

„Ja, mach dich nur lustig über mich! Wie lange ist das her, dass ihr gegangen seid?"

„Drei Stunden etwa. Bist du schon lange wach?"

„Nein, ich glaube nicht. Ich fühle mich heute außerhalb von Raum und Zeit. Aber vollkommen zurechnungsfähig. Ich bin hellwach und weiß, wer du bist und warum du hier bist."

„Das ist doch schon etwas. Bloß warum du hier bist, das wissen wir immer noch nicht so ganz genau. Gibt es Neuigkeiten bei dir?"

„Ja, eine Kleinigkeit. Ich habe vorhin im Traum die Szene noch einmal wiedererlebt, wo ich unter der Brücke bei Laredo gelegen habe. Ich weiß nicht, wie Pagnol das geschafft hat. Hat der übersinnliche Fähigkeiten oder war das so eine Art Hypnose?"

„Mich hat das auch überrascht, vor allem bei dir. Du bist mir bisher nicht unbedingt als Tagträumer oder Medium aufgefallen. Aber dieser Pagnol ist ein ungewöhnlicher Mensch mit vielen Fähigkeiten. Übrigens auch ein Sprachengenie, Spanisch und Deutsch spricht der fließend, das hast du ja schon gemerkt, ich brauchte vorhin ja kaum zu übersetzen, was du sagtest. Es würde mich nicht wundern, wenn er auch Baskisch kann. Jedenfalls scheint er sich sehr dafür zu interessieren. Und dein Fall hat ihn richtig gepackt, ich glaube, er wäre enttäuscht, wenn du entlassen wirst, ohne dass er die Geschichte aufgeklärt hat."

„Dann kann ich nur hoffen, dass er meine Lage hier nicht künstlich in die Länge zieht. Obwohl ich natürlich jetzt auch diese ganze verrückte Geschichte aufklären möchte. Aber nicht unbedingt aus einer Zelle heraus."

„Dabei würde ich dir gerne helfen, Jaschek. Du wolltest mir gerade erzählen, was du im Tagtraum gesehen hast."

„Ich weiß jetzt, dass ich das Auto mit den drei Spaniern nicht gesehen habe. Aber ich habe es gehört. Ich lag unter der Brücke und hatte Angst, hab die Augen zugemacht und mich in meinen Schlafsack verkrochen, als ich das Motorengeräusch hörte."

„Und das hat geholfen?"

„Ja, denn hinterher war ich beruhigt und bin auch irgendwann eingeschlafen. Jetzt wo du fragst, kommt es mir auch seltsam vor. Aber das Tuckern des Bootes hat mich beruhigt."

„Warst du in der Nähe des Meeres?"

„Nein, ein paar Kilometer landeinwärts. Komisch. Nein, da kann kein Boot gewesen sein, das Meer war weit weg und das Flüsschen eher schmal, da konnte gar kein Boot fahren. Das Geräusch war aber da, ziemlich dicht, aber leise und beruhigend."

„Schade, dass du die Augen zu hattest! Mach mal das Geräusch nach!"

„Dock dock dock dock dock. Sehr sanft."

„Klingt wie ein Dieselmotor im Leerlauf. Kam da vielleicht noch ein zweites Auto über die Brücke hinterher, ein Diesel?"

„Schorsch, natürlich, das wird es sein! Da fuhr ein Diesel hinterher und hat den Gang herausgenommen! Es ging ja leicht abschüssig bis zur Brücke hinunter! Da konnte man im Leerlauf fahren! So wird es gewesen sein! Dass ich darauf nicht gekommen bin!"

„Dafür hat man ja Freunde. Aber was machen wir jetzt damit? Es kann Zufall gewesen sein."

„Zwei Autos dicht hintereinander auf dieser gottverlassenen Straße, auf der die ganze Nacht kein anderes Auto unterwegs war? Nee, das war kein Zufall, Schorsch! Außerdem bringt uns Zufall kein Stück weiter. Pagnol hat mich doch dazu ermuntert, weiterzuspinnen!"

„Okay, dann fuhr ein zweites Auto hinter den drei Spaniern her, wenn sie es denn wirklich waren. Sie kamen aus dem Bordell und der Diesel folgte ihnen. Vielleicht war der Fahrer auch im Bordell gewesen."

„Wahrscheinlich, denn das Haus stand mitten in der Pampa, da gab's nichts drum herum."

„Gut, nehmen wir an, der Unbekannte folgt den Dreien, sieht, wie die anderen beiden irgendwo aussteigen und knüpft sich dann den angetrunkenen Forcadas in seinem Auto vor. Er erdrosselt ihn, nimmt ihm sein Geld und seine Papiere ab und schiebt sein Auto in den Straßengraben, wo es am nächsten Morgen gefunden wird. Die Polizei verhört am folgenden Tag die beiden Basken, da ist der Unbekannte schon über alle Berge."

„Vielleicht braucht er sich gar nicht so sehr zu beeilen, denn ihn hat ja keiner gesehen, die Kerle waren zu besoffen, um zu bemerken, dass da einer hinter ihnen herfuhr."

„Aber die Empfangsdame, die dich so in Panik versetzt hat, die hätte ja aussagen müssen, dass dieser andere mit den Dreien zusammen das Etablissement verlassen hat. Also hat er vielleicht doch unbemerkt in der Nähe gewartet, bis Forcadas losfuhr. Oder die Dame steckte mit ihm unter einer Decke ..."

„Das ist ein schönes Sprachbild bei einer Animierdame. Ja sicher, beides wäre möglich. Er wollte Forcadas erwischen und musste warten, bis der alleine war."

„Vielleicht spielt der Unbekannte auch gar keine Rolle, sondern die beiden anderen haben Forcadas in seinem Auto alleine erledigt, haben das vorher schon auf Baskisch verabredet und dann zugeschlagen, als die Gelegenheit günstig war."

„Kann alles sein, aber die andere Version ist reizvoller. Die Basken sind wirklich unschuldig und den Unbekannten hat keiner gesehen. Ein unaufgeklärter Mord, der einzige Verdächtige, der zufällig mitten durchs Bild läuft, bin ich. Und der Tote hat sogar noch mein Taschenmesser mit meinen Fingerabdrücken in seiner Tasche. Ein Glück, dass der Unbekannte ihn nicht damit erstochen hat! Na, vielleicht wäre das schwierig geworden mit einem kleinen Taschenmesser. Da muss man schon verdammt oft stechen und in der Wunde herum wühlen."

„Bah, bist du geschmacklos! Du findest Gefallen an dieser Sache, was? Aber warte ab, Freundchen. Denn der große Unbekannte hatte ja deine Gitarrensaite in der Hosentasche!"

„Wer ist hier geschmacklos? Ich hab dir ja schon gesagt: Keine Gitarre, keine Gitarrensaite! Pech!"

„Eher Glück für dich! Ansonsten hätte es finster ausgesehen, wenn sie dich geschnappt hätten! Stell dir mal vor, mein Lieber! Dann säßest du seit 29 Jahren in irgendeinem feuchten, spanischen Kerker bei trocken Brot und Gänsewein!"

„Das stell ich mir lieber nicht vor. Ich hatte doch gar kein Motiv, diesen Forcadas umzubringen! Ich kannte ihn ja noch nicht mal!"

„Ob dich das gerettet hätte? Aber das Motiv ist ein ganz entscheidender Punkt, glaub ich. Was für ein Motiv könnte dieser große Unbekannte gehabt haben, Forcadas umzubringen? Es war ja keine Zufallstat. Zufälle schließen wir ja im Moment aus. Er hatte das geplant und eiskalt durchgeführt. Er hatte damit in Kauf genommen, dass die beiden baskischen Kumpels von Forcadas in Verdacht gerieten. Vielleicht war das sogar seine Absicht."

„Aber vielleicht hatte er auch mitbekommen, dass da ein junger Ausländer quer durchs Bild läuft und sich als möglicher Verdächtiger anbietet, während der Unbekannte damit seine eigenen Spuren perfekt verwischen konnte."

„Kannst du dich noch daran erinnern, ob da noch andere Autos standen, als du den Puff verlassen hast? Vielleicht welche mit laufendem Dieselmotor: *Tock tock tock tock*?"

„Keine Ahnung, ich war ja vollkommen in Panik dort raus gerannt, da hab ich nicht auf andere Autos geachtet. Aber viel können es nicht gewesen sein, die Straße war auf jeden Fall menschenleer, als ich zurückgelaufen bin. Menschenleer und staubig. Mir ist kein Auto begegnet, sonst hätte ich den Daumen rausgehalten. Ich bin bestimmt eine Stunde zurückgetippelt, fluchend wie ein Rohrspatz."

Herault

Am folgenden Tag wird Jaschek in Montpellier entlassen, nachdem er sich mit einer Geldbuße für das unerlaubte Verlassen der gebührenpflichtigen Autobahn einverstanden erklärt und sich verpflichtet hat, sich bei der zuständigen Polizeistelle in Laredo zu melden, wo man ihm noch ein paar Fragen stellen will, ehe man die Akte endgültig schließt. Auf Jascheks Frage, ob er dann womöglich dort verhaftet werden würde und wieder in Untersuchungshaft käme, hat man ihm versichert, dieser Fall wäre auch in Spanien bereits verjährt, deshalb sei auch von spanischer Seite kein Antrag auf Auslieferung gestellt worden. Der zuständige Beamte in Laredo sei aber sehr interessiert daran, diese Geschichte zu einem befriedigenden Abschluss zu bringen.

Da nicht nur Schorsch, sondern auch Pagnol wie Jaschek geradezu darauf brennen, die Hintergründe vielleicht doch noch ans Tageslicht bringen zu können, beschließen sie, nach Nordspanien zu fahren. Erst einmal erholt sich Jaschek aber ein paar Tage in Schorschs kleinem Ferienhaus am Herault und genießt die wiedergewonnene Freiheit, das morgendliche ausgiebige Duschbad, die Sommerluft und Sonne und Schatten im kleinen verwunschenen Gärtchen mit der wunderbaren Hängematte. Schorsch verwöhnt ihn mit Spezialitäten aus seiner Küche und abends bei einem schönen Glas Rotwein aus der Region besprechen sie ihr weiteres Vorgehen: „Für uns ist es ein Glücksfall, dass Pagnol mitkommt. Er spricht perfekt Spanisch, Baskisch übrigens auch, hat er mir erzählt. Er hat eine richtige Spürnase und ein ganz helles Köpfchen. Außerdem ist er ein netter Kerl."

„Und er hat übersinnliche Kräfte. Noch ein paar Sitzungen mit ihm und ich hab die Auflösung des Falles im Schlaf, ohne dass wir irgendwohin fahren müssen."

„Du hast aber versprochen, dass du dich in Spanien blicken lässt!"

„Nein, das ist klar, ich bin ja selbst gespannt, wie es da inzwischen aussieht und ob ich noch etwas wiedererkenne nach all den Jahren. Aber ich bin sehr froh, erst einmal ein paar Tage in Ruhe dein Häuschen, deinen Garten und vor allem deine Kochkünste und tollen Weine genießen zu können."

„Gerne, Jaschek, es ist mir ein großes Vergnügen, dich hier wieder hochzupäppeln."

„Danke, Schorsch. Wenn du mal ermordet werden solltest, muss es Zufall sein. Ein Motiv kann nicht dahinter stecken."

„Wie kommst du denn jetzt darauf?"

„Wegen des Motivs, das wir suchen. Ein so netter Kerl wie du bietet kein Motiv, ihn zu ermorden, oder?"

„Das würde ich bei dir genauso sehen. Aber vielleicht geht es nicht nur um nett oder fies. Manchmal reicht es vielleicht schon, wenn man am falschen Fleck ist, oder sich in die falsche Frau verliebt."

„Aber das müsste man doch vor Ort herausbekommen: Was war dieser Forcadas für ein Mensch? Welche Motive hat er anderen geboten, ihn umzubringen?"

„Bisher wissen wir nur, dass er Geschäftsmann war. Bestimmt kann uns der Kommissar in Laredo mehr über ihn erzählen. Wenn er nett ist."

„Wenn er nicht nett ist, kriegt er von uns auch keine Informationen."

„Pass auf, dass er dich nicht wieder verhaftet!"

„Davor hab ich, ehrlich gesagt, ein wenig Angst. Vielleicht ist das Ganze ja eine miese Finte: Sobald ich über die spanische Grenze gekommen bin, klicken die Handschellen. Damit ersparen sich die Spanier den Auslieferungsantrag an Frankreich und Deutschland und das ganze Trara: Schwupps! Haben sie mich. Und das Blöde daran: Ich bin ihnen freiwillig in die Arme gelaufen!"

„Ja, da müssen wir uns auf jeden Fall gut absichern! Wie soll ich das sonst deiner Frau erklären?"

„Ist das deine größte Sorge?"

„Nein, nein. Du hast ja Recht. Vielleicht kann Pagnol das vorher mit den spanischen Behörden abklären, ob für dich wirklich kein Risiko mehr besteht. Am besten schriftlich. Sonst kommen wir nicht."

Beim Telefonat mit Pagnol stellt sich heraus, dass Pagnol schon längst aktiv geworden ist. Er hat schon diverse Telefonate mit Spanien geführt und sich eine Bestätigung zufaxen lassen, dass der Fall Forcadas nicht mehr weiter verfolgt und Jaschek deshalb in Spanien keine Strafverfolgung zu befürchten habe. Damit sind die Voraussetzungen für die Reise nach Laredo gegeben. Jaschek und Schorsch genießen noch zwei entspannte Tage am Herault, ehe Pagnol zu ihnen stößt und alle drei mit dem geräumigen und bequemen Peugeot Break von Schorsch Richtung Spanien aufbrechen. Sie fahren durchs Roussillon, an den Pyrenäen entlang durch das französische Baskenland und machen auf Jascheks Wunsch einen Abstecher nach Biarritz. Etwa eine Stunde lang fahren und laufen sie die strandnahen Straßen ab auf der Suche nach dem Appartementhaus von Ezcurra, bis Schorsch meint: „Ich glaube, wir verlieren hier nur Zeit, Jaschek. Was willst du dort, selbst wenn wir das Haus noch finden sollten? Meinst du, dein Schlafsack sei noch dort, oder du findest noch das Glasgerät oder eine Blutspur?"

„Ich dachte, wir könnten vielleicht Mitbewohner befragen nach Ezcurra!"

„Jaschek, es ist 29 Jahre her! Kein Mensch wohnt hier mehr so lange Zeit, solche Appartements wechselt man so schnell wie sein Auto! Wir sind in einem Touristenzentrum, nicht auf dem Land, wo Generationen im gleichen Dorf aufwachsen."

„Na gut, ich glaube, du hast Recht. Mich frustriert die Suche hier auch. Kommt mit ins Café, ich geb euch einen aus, und dann fahren wir weiter über die Grenze!"

„Das ist die erste vernünftige Idee, die du heute hattest! Ich bin dabei!"

Als sie im Café einen Pastis und ein paar leckere Kleinigkeiten genießen, lächelt Pagnol Jaschek zu: „Jaschek, ich hatte vorhin das Gefühl, Sie wollten kurz vor der Grenze noch einmal abbiegen, um ein wenig Bedenkzeit zu gewinnen. Sie haben ein bisschen Angst vor dem Grenzübergang, stimmt's? Das brauchen Sie aber nicht! Es wird alles gut! Salut!" Er prostet Jaschek zu, der sich ertappt fühlt. Es ist wirklich eine blöde Idee gewesen, hier herum zu suchen. Woher kennt ihn Pagnol so gut? Wieder hat er das Gefühl, Pagnol kann in seinen Gedanken lesen. Jetzt zwinkert Pagnol ihm zu und verkündet vergnügt: „Im spanischen Baskenland, da machen wir uns auf die Suche! Da gibt es bestimmt etwas zu entdecken!"

Baskenland

Am Abend passieren sie ohne Kontrolle den Grenzübergang bei Hendaye und erreichen kurze Zeit später San Sebastian, wo Schorsch eine Unterkunft organisiert hat. Sie bummeln noch ein wenig durch die Altstadt, ehe sie sich am späteren Abend ein kleines Lokal ausgucken, in dem sie wunderbar speisen, verschiedene spanische Weine ausprobieren und schließlich glücklich versacken. Am nächsten Morgen weiß Jaschek nicht mehr so genau, wie er eigentlich ins Bett gelangt ist, er stellt aber zu seinem Schrecken fest, dass er nicht nur seine Klamotten, sondern sogar die Sandalen angelassen hat! Das ist ihm noch nie passiert. Sein Schädel brummt, er hat das Gefühl, einen riesigen Ballon auf dem Hals zu tragen. Noch größer scheint allerdings die Kapazität seiner Blase zu sein, die jetzt zu platzen droht.

Mit einem nicht gerade eleganten seitlichen Schwung befördert er seine Beine aus dem weichen Bett und eilt auf die Toilette, wo sich Sturzbäche in die Abgründe der Keramik ergießen, die gar nicht mehr aufhören wollen. Das Gefühl hat er auf der Toilette schon öfter gehabt: Wenn er dort mit zunehmend entspanntem Gesichtsausdruck hockt und alles laufen lässt, weiß er nach einer Weile nicht mehr genau: *Bin ich eigentlich schon fertig? Da kann doch inzwischen gar nichts mehr drin sein?* Aber es läuft immer noch, Liter für Liter, so dass er sich fragt: Wo kommt das eigentlich alles her? Meine Blase ist doch kein Wassertank!

Als er wieder zurück ins Zimmer kommt, hat Schorsch aufgehört zu schnarchen und steckt den Kopf aus seiner Decke hervor: „Hab ich geschnarcht?"

„Wie ein Pyrenäen-Braunbär, mein Lieber. Guten Morgen! Wie geht's denn so?"

„Och, es geht so, es könnte schlimmer sein. Ich glaub, ich hab gut geschlafen. Du auch?"

„Mmmh. Weißt du, wie ich ins Bett gekommen bin? Meine Erinnerung ist mir irgendwie abhandengekommen. Keine Ahnung, wie das passieren konnte."

„Weißt du denn noch, dass du mit Pagnol Brüderschaft getrunken hast?"

„Ganz dunkel, ja. Aber wirklich sehr dunkel."

„Weißt du auch, dass ihr danach durch das Lokal getanzt seid, weil du ihm unbedingt zeigen wolltest, wie man „Berliner Schieber" tanzt?"

„Um Gottes Willen, nein. Wie peinlich! Das hab ich zu Recht verdrängt."

„Ich würde eher sagen, eins von euren diversen Gläsern Wein muss wohl schlecht gewesen sein. Und ihr hättet besser am Schluss nicht auch noch diesen Brandy mit dem Stier als Absacker hinterherschütten sollen. Dann hättet ihr vielleicht nicht auf allen Vieren zum Hotel laufen müssen."

„Du machst Witze!"

„Pagnol war noch etwas besser dran als du, mein Lieber. Ihn konnte ich noch alleine torkeln lassen, während er immer wieder begann, irgend so ein baskisches Lied zu lallen. Aber wenn ich dich nicht gestützt hätte, und zwar massiv gestützt und halb gezogen, wärst du auf allen Vieren über den Rinnstein gekrochen. Nachdem ich dich ins Zimmer geschleift und auf dein Bett geschmissen habe, hatte ich keinen Nerv mehr, dir die Klamotten auszuziehen."

„Unfassbar! Das ist mir ja schon sehr lange nicht passiert. Ich kann mich an gar nichts mehr erinnern ..."

„Der Alkohol scheint größere Partien deines Gehirns angegriffen zu haben. Hoffentlich keine wichtigen, die du noch benötigst. Muss ich mir Sorgen machen um dich? Ich hab dich übrigens vor dem Einschlafen noch in die stabile Seitenlage gebracht und dir eine Schüssel ans Bett gestellt."

„Danke, Schorsch, du bist ein echter Freund! Heute wird kein Schluck getrunken! Schon beim Gedanken an Alkohol wird mir schlecht!"

„Komm, wir gehen erst einmal frühstücken, damit du wieder ein anständiger Mensch wirst."

Als sie in den Frühstücksraum kommen, erwartet sie schon ein mühsam lächelnder Pagnol, dessen Gesicht dem eines Boxers nach dem Kampf ähnelt: Die Augen verquollen, die Nase seltsam eingefärbt. Als sich Pagnol und Jaschek sehen, müssen sie beide losprusten und rufen fast gleichzeitig: „Wie siehst du denn aus?"

Jaschek kann sich gar nicht beruhigen, er gibt Pagnol einen freundschaftlichen Klaps auf die Schulter und sagt: „Du müsstest dich mal im Spiegel sehen! Du würdest dich kaum wiedererkennen!"

„Immer langsam! Hast du denn heute Morgen schon in den Spiegel geschaut, mon ami?"

„Ich glaube nicht. Ich kann mich jedenfalls nicht daran erinnern."

Hier schaltete sich Schorsch ein: „Er kann sich heute an gar nichts mehr erinnern!"

„Aber du weißt noch meinen Namen, oder?"

„Klar doch: Es Pagnol!"

Pagnol prustet los und verschüttet dabei die Hälfte seines Orangensaftes auf der weißen Tischdecke: „Erst wolltest du mir immer einreden, mein eigentlicher Name sei Marcel Pagnol, und als ich dankend ablehnte, sagtest du mir, dann wäre ich für dich Es Pagnol, der Spanier. Dabei bist du dann hartnäckig geblieben, obwohl ich dir meinen altmodischen Namen Gustave mehrmals buchstabiert habe."

„Ich kann mir Vornamen einfach nicht merken, noch nicht mal meinen eigenen. Wir bleiben einfach beim Du und beim Nachnamen, wenn es für dich okay ist. Salut, Es Pagnol!"

„Salut, El Jaschek! Was steht heute an?"

„Kein Tropfen Alkohol!"

„Oho, ich werde dich heut Abend daran erinnern! Noch etwas?"

„Wir fahren nach Laredo, oder nicht?"

„Lass uns doch vorher eine kleine baskische Sightseeingtour durch ein paar hübsche Orte machen mit Abstecher nach Bermeo zum Leuchtturm."

„Oh! Hat dir Schorsch alle meine Geschichten erzählt?"

„Viele, mon ami, viele. Der Leuchtturm ist ein schöner Platz, um sich ein wenig Seewind um die Köpfe pusten zu lassen und klare Gedanken zu fassen. Ich glaube, wir können hier im Baskenland einiges entdecken."

„Hast du schon wieder etwas Bestimmtes im Sinn?"

„Darauf kommt es nicht an, das weißt du doch, Jaschek. Es kommt auf dich an!"

„Hilf mir, es selbst zu tun. Ich soll es selbst herausfinden, was du dir schon zuvor in deinem Superhirn zurechtgelegt hast?"

„Vielleicht ... Jetzt erst einmal bon appétit!"

Nach einem gesunden kleinen Frühstück fahren die drei auf der Autobahn aus San Sebastian hinaus und dann auf einer kleinen Küstenstraße am Golf von Biskaya entlang. Manche Orte wirken so, als wäre hier die Zeit stehen geblieben, und Jaschek entdeckt hier und da verblasste Schriftzüge an Häuserwänden und Brücken, die ihn an damals erinnern: „Da, seht mal: *Heri Batasuna* - ich dachte früher immer, das wäre der Name eines Mannes, der hier überall auftaucht. So eine Art Filmstar *Harry Batasuna* - das klingt fast wie *Harry Belafonte*, irgendwie lustig."

„Da liegst du aber falsch, mein Lieber. Heri Batasuna ist gar nicht lustig, sondern der Name einer Partei, der politische Arm der Terrororganisation ETA, die das Baskenland in die Unabhängigkeit bomben will. Damals noch erlaubt, inzwischen verboten. Hat aber immer noch Rückhalt in der baskischen Bevölkerung. Der Terror der ETA wird zwar von den meisten abgelehnt, aber in manchen Dörfern werden ETA-Kämpfer, die sich und viele Unschuldige in die Luft gesprengt haben oder in spanischen Gefängnissen sitzen, immer noch wie Heilige verehrt. Der Zusammenhalt der Basken gegen die Spanier ist nach wie vor sehr stark, und hier als Spanier zu wohnen und zu arbeiten, ist manchmal gar nicht lustig."

„Warum geben die Spanier den Basken keine Autonomie, dann hätten sie doch die Probleme vom Hals?"

„Die Basken haben seit den Achtzigerjahren einen weitreichenden Autonomiestatus, eigene Verwaltung, eigene Polizei, eigene Steuern, Baskisch als Sprache an den Schulen - mehr geht eigentlich kaum. Keine andere Region in Spanien hat solche Freiheiten, nicht einmal das reiche Katalonien. In Frankreich wäre so etwas undenkbar, die Bretonen können davon nur träumen. Und ich denke, in Deutschland wäre das auch nicht möglich, obwohl Deutschland ja nicht so zentral organisiert ist."

„In Deutschland macht schon jetzt jedes Bundesland, was es will, das macht nicht immer Sinn, besonders in der Bildungspolitik. Aber autonom werden will keiner, außer die Bayern manchmal, nach dem dritten Weißbier. - Seht mal dort: *Euskal Herria* - ist das auch eine Partei?"

„Nein, das ist das vereinte Baskenreich, von dem die baskischen Nationalisten träumen. *Euskadia* bedeutet Baskenland. Zum *Euskal Herria* würden zusätzlich nicht nur die Provinz Navarra, sondern auch die französischen Departements auf der Nordseite der Pyrenäen gehören. Die Franzosen haben natürlich etwas dagegen, wie man sich leicht vorstellen kann."

„Gibt es denn noch französische Basken?"

„Ja, es wird sogar noch vereinzelt in abgelegenen Dörfern Baskisch gesprochen, aber es käme dort kaum einer auf die Idee, sich mit den spanischen Provinzen zu einem baskischen Großreich zu vereinen. Dafür sind die französischen Basken viel zu sehr assimiliert in die französische Gesellschaft und fühlen sich als französische Staatsbürger. Das fehlt bei vielen spanischen Basken auf der anderen Seite. Sie fühlen sich nicht als Spanier, sondern immer noch als von den Spaniern militärisch besetzt. Natürlich haben die Spanier in der Vergangenheit auch einiges dazu getan, keine besonders innige Verbundenheit entstehen zu lassen."

„Franco?"

„Genau. Unter Franco wurden die baskischen Provinzen brutal unterdrückt, denn sie hatten im blutigen spanischen Bürgerkrieg die Sozialisten unterstützt, die gegen Francos Faschisten kämpften. Franco ließ sie dafür büßen, ihre Sprache wurde verboten. In dem Maß, wie die Basken benachteiligt und diskriminiert wurden und ihnen der Zugang zu Verwaltungs- und Regierungsämtern untersagt wurde, wuchs ihr Widerstand gegen die „spanischen Besatzer", es gründeten sich Widerstandsorganisationen, die den bewaffneten Kampf gegen den verhassten spanischen Staat aufnahmen. Damit fing der ganze Schlamassel an. Franco ist lange tot, Spanien eine Demokratie geworden, die den Basken Sonderrechte gewährt - aber in den Köpfen mancher Basken sind die Spanier immer noch die verhassten Besatzer. Andererseits haben die Bombenattentate der ETA auch nicht gerade zur Beliebtheit der Basken im übrigen Spanien beigetragen."

„Gab es denn mal einen eigenen Baskenstaat?"

„Ja, das Königreich Navarra, aber das war im zehnten Jahr-hundert. Es umfasste in etwa das Gebiet, von dem die Nationalisten als „Euskal Herria" träumen. Nur, dass die Leute aus Navarra und die französischen Basken davon wenig wissen wollen. Und auch die Mehrheit der Bevölkerung hier wünscht sich nicht wirklich ein Königreich Navarra zurück, unter welchem Namen und in welcher Regierungsform auch immer. Das sind Träume von vorgestern."

„Manche Bewohner der östlichen Bundesländer bei uns träumen ja auch noch von der DDR."

„Ja, aber das ist ja erst 20 Jahre her und nicht tausend! Von tausend Jahren hat jemand anderes in Deutschland geträumt. Der ist inzwischen auch schon über 60 Jahre tot. Und sein Traum auch, hoffe ich. Wisst ihr in Deutschland, dass Hitler Franco militärisch unterstützt hat?"

„Ja, natürlich: Guernica!"

„Da kommen wir jetzt gleich vorbei auf dem Weg zum Leuchtturm von Bermeo."

Bermeo

Von der Geschichtsstunde im Auto mit Pagnol ist Jaschek schläfrig geworden, auch fordert die letzte Nacht noch ihren Tribut. Er rollt seine Jacke als Kopfkissen zusammen und macht es sich im Fond des Wagens gemütlich, spürt noch eine Weile das Auf und Ab der weichen Federung und das sanfte Brummen des Motors, bis er in einen tiefen und erholsamen Schlaf versinkt. Als er wieder aufwacht, steht der Wagen schon auf einem Parkplatz und Schorsch und Gustave Pagnol machen sich gerade fertig zum Aussteigen.

„Buenos dias, Señor Jaschek! Gut geschlafen? Wir sind an deinem Leuchtturm! Zieh dir die Jacke an, hier ist es windig!"

Die frische Brise, die vom Meer herüberweht, tut gut. Jaschek fühlt, wie sein Kopf klar wird und ist ein wenig aufgeregt, nach 29 Jahren wieder dort zu sein. Damals hat er hier einen ganzen Tag verbracht, als er auf Lisa und Robert wartete, die dann erst einen Tag später gekommen waren. Wo hat er damals übernachtet? Irgendwo in der Nähe an einer windgeschützten Stelle mit Blick auf das Meer, das sich blau-grün-grau bis zum Horizont erstreckt. Er war damals froh gewesen, endlich wieder Freunde zu treffen und mal wieder Deutsch zu sprechen und zu hören nach den ganzen merkwürdigen Erlebnissen und einsamen Stunden. Wie sie damals auf Bermeo gekommen waren, wusste er nicht mehr, aber sie hatten sich in Deutschland verabredet und gesagt: *Wir treffen uns am 3. August zur Kaffeezeit am Leuchtturm von*

Bermeo! Und wenn etwas dazwischen kommt, am nächsten Tag zur gleichen Zeit!

Handys gab es ja damals noch nicht, deshalb funktionierten solche schlichten, heute unbegreiflichen Verabredungen auch so gut. Kein Mensch verabredet sich heute mehr so vage, Verabredungen gelten nur noch bis zum nächsten Handyanruf. Jaschek ist normalerweise nicht per Handy erreichbar, schon gar nicht im Urlaub. Urlaub ist immer auch Urlaub vom PC, vom Fernseher, vom Sofa, von der Tageszeitung, dem ganzen gewohnten, alltäglichen Luxus - und natürlich auch vom Handy.

Vom Leuchtturm aus hat man einen fantastischen Blick über die Küste mit ihren Felsenbuchten und kleinen Stränden und über den weiten Atlantik. Hier und da sind auf dem Meer Schiffe zu erkennen, weiße Segel blitzen in der Sonne mit weißen Schaumkronen um die Wette. Am Himmel ziehen imposante Wolken dahin, schnell genug, um der Sonne und dem blauen Sommerhimmel immer wieder genügend Zwischenraum zu lassen. Es frischt auf und Jaschek zieht den Reißverschluss seiner Jacke zu. Pagnol stellt sich neben ihn und meint: „Genieß noch einmal das schöne Wetter, Jaschek. Heute Abend zieht es sich zu und morgen wird es regnerisch und kühl."

„Weißt du eigentlich alles, Pagnol?"

„Nein, Jaschek, aber ich lese viel. Zum Beispiel den Wetterbericht in der Zeitung."

„Und diese ganzen Sachen über die Basken, woher weißt du so etwas?"

„Ich bin in einem kleinen Pyrenäendorf aufgewachsen, bevor ich zum Studieren nach Marseille gegangen bin. Da kriegt man so etwas von klein auf mit."

„Waren deine Eltern französische Basken?"

„Meine Großmutter war baskisch und hat einen Franzosen aus der Provence geheiratet, Pagnol eben. Von ihr habe ich auch Baskisch gelernt und vieles über die Basken diesseits und jenseits der Grenze erfahren. Sie hat mal einen spanischen Basken in der Scheune versteckt, der in Spanien gesucht wurde und über die Pyrenäenpässe nach Frankreich geflohen ist. Es gibt noch heute auf französischer Seite Schlupflöcher und Verstecke für Basken, die von der spanischen Polizei gesucht werden."

„Arbeitet die französische Polizei nicht mit der spanischen zusammen?"

„Inzwischen ja, besonders, wenn es um ETA-Terroristen geht, die sich in Frankreich verstecken. Aber früher, besonders in der Francozeit, war die Guardia Civil nie besonders beliebt, in Spanien nicht und auf französischer Seite schon gar nicht. Denen wollte man auf keinen Fall helfen. Aber da hat sich vieles zum Positiven verändert, auch wenn die Zusammenarbeit noch nicht immer reibungslos verläuft, wie man an deinem Fall sehen kann."

„Meinst du eigentlich, die Sache in Laredo könnte irgendetwas mit der ETA zu tun haben?"

„Da wir ja Zufälle ausschließen wollen und ein übergreifendes Drehbuch suchen, in dem beide Geschichten, die in Biarritz und die in Laredo zusammenpassen, müssen wir auch die ETA oder zumindest baskische Geschäfte mit auf unserem Bildschirm haben. Sieh mal, Forcadas war Geschäftsmann, wo, das müssen wir noch herausbekommen. Ich würde wetten im Baskenland, Bilbao oder San Sebastian. Viele Geschäftsleute im Baskenland werden noch heute erpresst. Die ETA ist zu einer Art

Mafia geworden und presst Schutzgelder aus baskischen Geschäftsleuten, Fußballspielern, Leuten mit Geld eben. Sie nennen das „Revolutionssteuer" und fühlen sich dabei anscheinend wie Robin Hood, der von den Reichen nimmt und den Armen gibt. Nur dass die ETA ihr Geld nicht unter den Armen verteilt, sondern ihren Bombenterror damit finanziert, Beamte besticht und Waffengeschäfte abwickelt."

„Und wenn einer nicht bezahlen will?"

„Dann gibt es erst einmal kleine Warnungen und Drohungen, die dann bald auch schon ausgeführt werden: Brandstiftung, Prügel bis hin zu Verstümmelungen, Gewaltandrohungen gegenüber Frau und Kindern. Die Möglichkeiten sind fast unbegrenzt."

„Aber Mord? Wenn sie ihn ermorden, kriegen sie ja nichts mehr von ihm!"

„Du hast Recht. Entweder sind bei Forcadas vorher andere Methoden wirkungslos geblieben und man wollte an ihm ein Exempel statuieren, zeigen, dass man bei Zahlungsunwilligkeit auch vor Mord nicht zurückschreckt. Oder aber er war selbst Mitglied der ETA und wollte aussteigen oder hat jemanden verraten. Darauf steht die Todesstrafe. Zur Abschreckung für alle anderen."

„Und die beiden anderen Männer?"

„Wichtiger noch als die beiden anderen Männer ist wahrscheinlich der Unbekannte im Hintergrund, der die ganze Sache eingefädelt und erledigt hat, ohne Spuren zu hinter-lassen. Kann sein, dass er mit den beiden zusammenarbeitete. Kann aber auch sein, dass er einfach eine gute Möglichkeit suchte, und die bot sich ihm ja dann, als die beiden ausstiegen und er Forcadas alleine vor sich hatte, betrunken noch dazu."

„Das klingt ja furchtbar. In was für einem Land sind wir hier gelandet!"

„Du brauchst keine Angst zu haben, das hat sich alles ziemlich beruhigt. Anfang der Achtziger war es schon heftiger hier. Das Baskenland war „polizeiliche Spezialzone Nord" und Bundespolizei und Militär fahndeten nach ETA-Leuten und waren dabei nicht immer zimperlich in ihren Methoden. Die ETA wiederum terrorisierte nicht nur ganz Spanien, sondern auch die eigenen Leute hier, Revolutionssteuer und das ganze Programm."

Laredo

Schorsch fröstelt, am Himmel zieht es sich immer mehr zu. Man beschließt, weiterzufahren, an Bilbao vorbei auf die Nationalstraße Richtung Santander. In Bilbao wird es etwas eng und ungemütlich, Schorsch muss sich stark konzentrieren, um die richtigen Abzweigungen und Ausfahrten nicht zu verpassen. Pagnol assistiert ihm dabei, während Jaschek hinten nach ETA-Terroristen Ausschau hält und ab und zu noch verblasste Inschriften entdeckt: *Heri Batasuna* und *Euskadi*, einmal sogar *Euskadi ta Askatasuna*.

„Was heißt das, Pagnol: *Euskadi ta Askatasuna*?

„*Euskadi* kennst du doch, *ta* heißt und, und *Askatasuna* heißt Freiheit. Also?"

„Baskenland und Freiheit!"

„Richtig, Jaschek, und wenn du es abkürzt?"

„BUF!"

„Quatsch! Die Abkürzung von *Euskadi ta Askatasuna*!"
„ETA! Das heißt ETA? Baskenland und Freiheit?"
„Genau! Freiheit für alle Basken, ob sie wollen oder nicht, erkauft mit Bomben, Schutzgeldern, Genickschüssen und Drahtschlingen. Das heißt ETA."

Am frühen Abend sind sie in Laredo, suchen sich ein kleines Hotel in Strandnähe und spazieren noch ein bisschen über den wunderbar feinen, weitläufigen Sandstrand. Anschließend machen sie einen Bummel durch die schöne Altstadt und schaffen es an diesem Abend tatsächlich, leckere Tapas und Salate zu essen, ohne dabei Alkohol zu trinken. Allerdings nicht, ohne alle zehn Minuten darauf hinzuweisen, wie gesund sie sich heute Abend ernähren und dass man durchaus auch ohne Alkohol fröhlich sein kann. Durchaus, ja, aber am folgenden Abend könnte man sich dennoch vorstellen, vielleicht doch wieder ein Weinchen zu trinken. Nur ein klitzekleines natürlich ...

Sie sind diesmal früh auf ihren Zimmern, schauen zu dritt noch ein bisschen spanisches Fernsehen auf dem großen Ehebett von Schorsch und Jaschek und schlafen dann gesund genährt und friedlich noch vor Mitternacht den Schlaf der Gerechten.

Das Frühstück am nächsten Morgen ist für südländische Verhältnisse schon fast reichhaltig, das heißt, es gibt mehr als ein Croissant. Der starke Kaffee macht ordentlich munter und sie besprechen ihren Tagesplan. Zuerst zur Polizei, dann die ominöse Brücke suchen und anschließend das Bordell. Pünktlich zum verabredeten Termin finden sie sich im Büro von Kommissar Tomillo ein, der sie freundlich begrüßt und sich im Gespräch mit Pagnol, der immer wieder für Jaschek und Schorsch übersetzt, dafür bedankt, dass sie gekommen sind, obwohl die Akte ja eigentlich schon längst geschlossen ist. Er erklärt: „Es kommt nicht oft vor, dass wir hier ungelöste Kapitalverbrechen haben, Kantabrien ist eine eher ruhige Region, in der normalerweise keine aufsehenerregenden Fälle passieren. Sehen Sie, ich gehe nächstes Jahr in Pension. Als diese Geschichte damals passierte, war ich ganz neu hier in Laredo und musste mich erst einmal orientieren. Dass wir diesen Fall damals nicht aufklären konnten, lag mir schwer im Magen. Und ich würde mich freuen, wenn wir gemeinsam etwas mehr Licht in das Dunkel bringen können. Dann könnte ich mich nächstes Jahr mit dem guten Gefühl hier verabschieden, keine Leichen mehr im Keller zurückzulassen."

„Vielen Dank für die nette Begrüßung, Señor Tomillo, ich glaube, wenn wir alles zusammentragen, was wir wissen, werden wir vielleicht verstehen, was hier vor 29 Jahren passiert ist. Gab es damals eine Zusammenarbeit mit der baskischen Polizei?"

„Ja, natürlich, Forcadas wohnte in Portugalete bei Bilbao, das ist etwa 50 Kilometer von hier entfernt. Er hatte dort eine kleine Import-/Exportfirma und war öfter geschäftlich unterwegs. Seine beiden Bekannten wohnten hier in Laredo, waren aber Basken. Forcadas kam hin und wieder hier vorbei, wir haben einen sehr schönen Sandstrand hier und viele Freizeit- und Sportangebote. Die Informationen von der Polizei in Bilbao kamen damals nur sehr schleppend, ich bin dann selbst nach Portugalete gefahren, um dort zu ermitteln, habe aber nicht sehr viel herausfinden können. Forcadas war nicht verheiratet, arbeitete viel, betrieb seine Firma anscheinend alleine, hatte aber überall Geschäftspartner."

„Welche Art von Geschäften machte er denn?"

„Das ließ sich schwer herausfinden, anscheinend handelte er mit allem Möglichen: Fischereibedarf, elektronische Spezialgeräte und Ähnliches."

„Handelte er auch mit Waffen?"

„Dies wollte verständlicherweise keiner der Geschäftspartner bestätigen, aber ich hatte den starken Verdacht, ja."

„Hat man in seinen Büro- und Lagerräumen etwas gefunden?"

„Die baskischen Kollegen meldeten, die Lagerräume in Portugalete seien leer geräumt gewesen. Ich hatte leider keine Möglichkeit, dies zu überprüfen. Ich hatte aber den Eindruck, man war sehr interessiert daran, dass dort nichts gefunden wurde."

„Was war mit den beiden Basken aus Laredo?"

„Die beiden deckten sich hundertprozentig gegenseitig. Sie betrieben zusammen ein Fitness-Studio in Laredo, in dem Forcadas hin und wieder zu Gast war. Beide Familienväter, ohne Vorstrafen. Eine direkte Verbindung zum Mord konnte ihnen nicht nachgewiesen werden. Sie gaben den Bordellbesuch mit Forcadas zu, sagten aber aus, dass sie den Wagen verlassen hätten, weil Forcadas stark angetrunken gewesen wäre. Dagegen wäre ein junger Deutscher mit Forcadas weitergefahren."

Er schaute Jaschek an, der ihm erzählte, was sich aus seiner Erinnerung am 1.8.1982 zugetragen hatte. Bei der Schilderung eines möglichen zweiten Autos hakte er ein:

„Sie haben dieses Auto nicht gesehen, nur gehört?"

„Ja, leider, ich hatte die Augen zu. Ich hatte Angst und habe mich in meinen Schlafsack verkrochen."

„Das ist schade. Wir haben damals 100 Meter vom Tatort entfernt frische Wagenspuren am Straßenrand entdeckt, konnten sie aber nicht dem Fall zuordnen, weil es außer den beiden Basken keine Zeugen gab, und die beiden hatten kein anderes Auto gesehen."

„Oder wollten kein anderes Auto sehen!" schaltete sich Pagnol wieder ein.

„Ja, möglich ist alles. Sie hatten ihre eigenen Autos zu Hause stehen. Forcadas hatte sie in seinem Auto mitgenommen, erst zur Brücke, dann ins Bordell und dann wieder Richtung Laredo zurück, wie weit, ist nicht klar. Wenn sie nicht ausgestiegen und nach Hause gelaufen sind, sondern ihn in seinem Auto erdrosselt haben, sind sie von dort aus nach Hause gelaufen. Es sei denn, jemand hätte sie mit dem Wagen mitgenommen."

„Leben die beiden noch?"

„Der eine ist vor ein paar Jahren gestorben, er hatte das Fitness-Studio alleine weiterbetrieben, aber es lief nicht sonderlich gut. Diese alte Mordgeschichte haftete sein Leben lang an ihm, obwohl er ja damals freigesprochen wurde aus Mangel an Beweisen, Zeugen und einem schlüssigen Motiv. Seine Frau hat ihn auch verlassen und ist mit den Kindern weggezogen, nicht zuletzt wegen seiner Bordellbesuche. Er ist trotzdem hier geblieben, aber es hat an ihm genagt, er wurde krank darüber. Die Leute hier vergessen nicht so schnell, die alten Leute wissen immer noch genau, was passiert ist 1982. Und sie wissen auch, dass der Freispruch damals nur ein Freispruch zweiter Klasse war und der Mörder vielleicht immer noch frei herumläuft. Die Geschichte mit dem Deutschen hat keiner im Dorf geglaubt, sie haben damals gedacht, das hätten die beiden sich nur ausgedacht."

„Haben Sie selbst daran geglaubt?"

„Nein, ehrlich gesagt nicht. Wir hatten ja keine Spur von einem Deutschen, bis auf dieses Taschenmesser, und so ein Schweizer Messer gibt es doch überall. Keiner hatte ihn gesehen, bis auf die Bordellbesitzerin, und die galt nicht als besonders vertrauenswürdig, auch, weil die beiden Basken dort Stammkunden zu sein schienen. Nein, fast alle haben vermutet, die beiden hätten ihre Finger in dieser Mordgeschichte und die Empörung war groß, als sie laufen gelassen wurden."

„Spielen da auch Ressentiments gegen Basken eine Rolle?"

„Möglicherweise ja. Obwohl Kantabrier und Basken ja direkte Nachbarn sind, gehen sie sehr reserviert miteinander um. Die Einheimischen hier sagen: Wenn unsere Leute im Baskenland wie Verbrecher behandelt werden, warum sollen wir dann die Basken besser behandeln?"

„Ist denn da was dran?"

„Oh ja, als Spanier im Baskenland zu wohnen, das ist kein Spaß, das können Sie mir glauben. Je nachdem, wo Sie wohnen, können Sie sich darauf gefasst machen, überall geschnitten zu werden. Viele Basken wollen unter sich sein. Wenn Sie als Spanier dazu kommen, fangen die plötzlich an, Baskisch zu sprechen. Das versteht ja kein Mensch. Soll ja eine Art Steinzeitsprache sein. Mobbing gegen Nicht-Basken ist im Baskenland durchaus an der Tagesordnung. Natürlich nicht überall."

„Was ist mit dem anderen Basken? Lebt der noch?"

„Der andere ist damals bald nach dem Mord mit seiner Familie weggezogen, wohin, kann ich Ihnen nicht sagen. Der hat den öffentlichen Druck nicht ausgehalten. Ich kann das gut verstehen, er hat irgendwo einen

Neuanfang gemacht und keinem verraten, wohin er geht und woher er kommt."

„Vielleicht zurück ins Baskenland?"

„Das könnte ich mir gut vorstellen, ja. Wenn's einem schlecht geht, kehrt man zurück in die Heimat. Ich habe damals beim Bürgermeister nachgefragt, ob der sich hier abgemeldet hat, ich wollte ja an dem Fall dran bleiben, falls sich neue Indizien ergeben. Aber die sind bei Nacht und Nebel verschwunden. Und der Geschäftspartner hat nichts gesagt, der hat das für sich behalten bis zu seinem Krebstod."

„Gibt es das Bordell noch?"

„Nein, das ist vor etwa zehn Jahren nach einer Razzia geschlossen worden und die Mädchen haben sich aus dem Staub gemacht."

„Können Sie uns die Brücke zeigen und die Stelle, wo Forcadas ermordet wurde?"

„Nein, tut mir leid, die Straßen wurden hier alle neu gemacht. Es gibt eine neue Brücke, die alte wurde abgerissen und die Straßenführung wurde geändert. Hier in Laredo hat sich vieles verändert."

„Gibt es keine Familienangehörigen oder Freunde mehr, die man befragen könnte?"

„In Laredo leider nicht, soweit ich weiß. Forcadas hatte eine Schwester in Castro Urdiales, das ist 25 Kilometer von hier, die wurde damals von uns befragt, vielleicht lebt sie noch dort. Ich muss in den alten Unterlagen mal nachsehen, wie sie hieß."

Tomillo blättert in den vergilbten Blättern der Akte hin und her: „Hier ist es: Maria Gonzáles! Wir können gleich einmal im Telefonbuch nachschauen, ob sie noch hier gemeldet ist. Ansonsten wüsste ich keinen, der Ihnen Weiterhelfen könnte, leider."

„Haben Sie selbst einen Verdacht?"

„Ich habe am Anfang geglaubt, das waren die beiden Basken, klar. An den Deutschen hat keiner geglaubt, von daher hat mich die ganze Geschichte jetzt wieder eingeholt, als die Anfrage aus Montpellier kam, und ich dachte: Sieh mal einer an, den Deutschen gibt es wirklich, vielleicht sind die beiden Basken ja doch unschuldig gewesen. In den Jahren nach der Tat kam ich immer mehr zur Überzeugung, dass die beiden es nicht waren. Mir tat es um sie leid, sie waren im Ort praktisch vorverurteilt und hatten nie eine Chance, der Bevölkerung von Laredo zu zeigen: Seht her, wir waren es wirklich nicht! Hier kamen die wildesten Gerüchte auf: Handlanger der ETA, Abrechnung mit einem Geschäftsmann, der sein Schutzgeld nicht bezahlt hat, und so weiter."

„Und haben Sie selbst auch in diese Richtung ermittelt?"

„In Richtung ETA können Sie von hier aus gar nicht ermitteln, da bekommen Sie Null Unterstützung und davon lassen Sie als kleiner Dorfsheriff besser die Hände. Nein, aber ich konnte mir auch nicht recht vorstellen, dass die ETA gerade hier Vergeltung übt, normalerweise passiert das vor Ort. Wer seine Mafiasteuer nicht bezahlt, wird vor Ort bestraft, so dass alle anderen sehen können, was mit solchen Leuten passiert. Und dann wäre es auch merkwürdig, dass diese beiden ausgerechnet hier von ihrem Fitnesszentrum her ETA-Aufträge ausgeführt haben sollen. Die sind doch kaum rausgekommen aus Laredo. Das passte alles nicht so richtig zusammen. Natürlich kann man gar nichts ausschließen, auch nicht, dass die ETA ihre Finger da drin hat. Aber wenn, dann sehr versteckt."

Tomillo wandte sich wieder Jaschek zu: „Dass S i e es nicht waren, das schließe ich alleine aus der Tatsache, dass sie hierher kommen und solch ein Interesse an der Aufklärung des Falles zeigen. Aber was bleibt dann? Wirklich nur die Spur mit dem anderen Auto. Na, vielleicht bekommen Sie ja noch mehr heraus. Wenn Sie neue Informationen haben, lassen Sie es mich bitte wissen? Ich träume davon, wenigstens noch kurz vor meiner Pensionierung eine Lanze zu brechen für die beiden Basken, damit nicht noch die Kinder und Enkelkinder erzählen, was sie von den Großeltern gehört haben: In Laredo haben zwei Basken einen spanischen Geschäftsmann umgebracht und man hat sie laufen lassen!"

Pagnol erwidert: „Eine letzte Frage noch, bevor wir gehen, Señor Tomilla. Kennen oder kannten Sie einen Señor Ezcurra?" Tomillo überlegte eine Weile und fing dann an, in der alten Akte zu blättern, während er vor sich hin murmelte: „Ezcurra, Ezcurra - mir ist so, als wäre der Name irgendwo aufgetaucht... Hier! Sehen Sie: Der geschiedene Ehemann von Maria Gonzáles hieß Ezcurra! Wieso?" Pagnol, Schorsch und Jaschek schauen sich überrascht an. Pagnol erzählt Tomillo die Geschichte vom verschwundenen Bademeister aus Biarritz und Tomillo hört sehr aufmerksam zu, schüttelt immer wieder den Kopf und murmelt: Das gibt es doch nicht! Schließlich holt er das Telefonbuch, blättert, flucht und erklärt: „In Castro Urdiales wohnt keine Maria Gonzáles mehr. Hoffentlich ist die alte Dame nicht verstorben, sondern nur verzogen!" Er ruft in der Bürgermeisterei von Castro Urdiales an und bekommt die Auskunft, Maria Gonzáles sei schon lange abgemeldet, soweit man wisse, lebe sie an der Algarve.

„Haben Sie auch die Nummern der portugiesischen Bürgermeistereien?" scherzt Pagnol. Tomilla sieht betrübt drein: „Das tut mir aufrichtig leid, meine Herren! In Portugal etwas herauszufinden, das wird noch schwieriger als hier in Spanien, fürchte ich. Leider ist Gonzáles nicht gerade ein seltener Name! Aber es ist die einzige Spur, soweit ich sehe! Bleiben Sie dran! Ich drücke Ihnen die Daumen, dass Sie erfolgreich sind! Sie können mich jederzeit anrufen, wenn Sie Fragen haben. Und vergessen Sie bitte nicht, mich zu benachrichtigen, wenn Sie etwas herausgefunden haben! Gracias, Señores! Buenos dias!"

Portugal

Zurück im Hotel sprechen Jaschek, Schorsch und Pagnol über die neue Spur und das weitere Vorgehen. Alle sind sich einig, dass dies der letzte verbliebene Faden sei, der noch Erfolg bringen könne. Pagnol meint, die Suche über Internet oder Telefonauskunft von Laredo aus wäre bei einer schon älteren Dame mit einem spanischen Allerweltsnamen nicht besonders Erfolg versprechend: „Wenn wir mit ihr sprechen wollen, müssen wir nach Faro fliegen und dort suchen. Auch auf die Gefahr hin, dass wir nichts finden, dann machen wir eben eine Woche Badeurlaub an der Algarve. Wie sieht's bei euch mit der Zeit aus? Eine Woche kann ich noch dranhängen, dann muss ich wieder in Marseille am Schreibtisch sitzen."

Jaschek und Schorsch haben beide noch Urlaubszeit frei und sind einverstanden mit diesem erweiterten Badeurlaub. Sie buchen per Telefon für den nächsten Tag einen Flug von Bilbao nach Faro mit Mietwagen vor Ort und genießen ihren letzten Abend in Laredo, diesmal mit Wein, aber in Maßen. Am frühen Morgen fahren sie zum Flughafen von Bilbao, um dort einzuchecken. Vormittags kommen sie bei strahlender Sonne und blauem Bilderbuchhimmel in Faro an, nehmen ihren Mietwagen in Empfang und quartieren sich für die kommende Nacht in einer kleinen Pension mitten in der hübschen Altstadt nahe der Kathedrale Sé ein. Die Laune ist glänzend, Portugal zeigt sich von seiner angenehmsten Seite.

Pagnol findet schnell heraus, wo sich die Einwohnermeldestelle befindet und schickt die andern beiden auf einen kleinen Stadtbummel, während er dort versucht, die gewünschten Informationen zu bekommen. Die ältere Dame in der Meldestelle ist äußerst hilfsbereit und verständigt sich trotz mancher Spanisch-Portugiesisch-Stolpersteine glänzend mit Pagnol: „Mit Franzosen kommen wir hier in Portugal meistens gut zurecht. Und wenn jemand dann noch so gut Spanisch spricht wie Sie, dann ist die Verständigung ein Vergnügen! Wir Portugiesen nasalieren die Endungen, genau wie ihr Franzosen. Wenn Sie Ihr Spanisch einfach französisch nasalieren, dann klingen Sie bereits fast wie ein echter Portugiese!"

Pagnol ist nach der skeptischen Äußerung des Polizeichefs von Laredo über die portugiesischen Behörden begeistert über die Aufmerksamkeit und Hilfsbereitschaft, die ihm hier entgegenschlägt. Er macht fleißig Komplimente, was schließlich dazu führt, dass er mit der Dame hinter dem Tresen am PC-Monitor die Einwohnerlisten der Algarve-Orte durchforsten darf. Es stellt sich heraus, dass der Name Maria Gonzales nur dreimal in der Region auftaucht, davon nur einmal mit dem spanischen Akzent auf dem a: Gonzáles. Die Dame vom Meldeamt strahlt: „Maria Gonzáles in Albufeira ist seit 1989 dort gemeldet! Ich glaube, Sie haben schon gefunden, was Sie suchen! Wie sagten Sie, war der andere Name?"

„Ezcurra, senhora!"

Sie sucht und stellt dann fest: „Nein, bedaure, ein Ezcurra ist in der ganzen Algarve-Region nicht gemeldet! Hier Ihr Ausdruck der drei Gonzales Adressen. Fahren Sie zuerst nach Albufeira! Dort werden Sie gewiss finden, was Sie suchen!"

„Vielen vielen Dank, senhora, muchas gracias!"

„Ja, das ist eines der Wörter, die ganz anders als im Spanischen sind. Vielen Dank heißt „muito obrigado" - das werden Sie noch öfter hören und brauchen, wenn Sie ein paar Tage in Portugal sind!"

„Muito obrigado, senhora! Sie haben mir sehr geholfen!"

Eine Stunde später treffen sich die drei Männer im Café und Pagnol berichtet von seiner erfolgreichen Suche. Am liebsten will Jaschek sofort los nach Albufeira. Aber Pagnol rät dazu, alles in Ruhe anzugehen, erst einmal den Abend in Faro zu genießen und dann am nächsten Vormittag die 40 Kilometer bis Albufeira zurückzulegen. Schorsch ist aufgefallen, dass Jaschek bei der Erwähnung von Albufeira leuchtende Augen bekommt und ganz unruhig wird: „Sag mal, Jaschek, du bist doch damals hier gewesen, oder? Komm, spuck's aus!"

„Nein, hier in Faro nicht, ich kann mich jedenfalls nicht daran erinnern. Wahrscheinlich bin ich nur durchgefahren. Aber an Albufeira kann ich mich noch sehr gut erinnern! Aber das dauert ein bisschen! Ich schlage vor, dass wir uns ein nettes Lokal suchen, wo man Meeresfrüchte essen kann, und dabei erzähl ich euch dann mehr von Albufeira."

Genau so wird es gemacht, sie bummeln gemeinsam durch die engen Gassen, genießen den Schatten und lassen sich schließlich in einem kleinen Restaurant nieder, in dem es lecker nach frischem Fisch riecht. Sie bestellen sich Vinho Verde, sehr erfrischenden, leichten und spritzigen Weißwein, und bekommen erst einmal schwarze Oliven und frisches Brot dazu. Jaschek ist die ganze Zeit mit seiner Portugalkarte beschäftigt und beginnt schließlich, seine Erinnerungen laut zu sortieren: „Ich kam damals aus Sevilla, vorher war ich in Malaga gewesen. Mein Ziel war Portugal, und ich meine, ich bin bis zur Grenze mit dem Zug gefahren, auf jeden Fall bis Huelva. Hier ist aber gar keine Bahnlinie mehr eingezeichnet, vielleicht gibt's die auch nicht mehr. Ich weiß nur, dass ich am spanischen Grenzort, das muss also Ayamonte gewesen sein, mit einer Fähre über den Grenzfluss gefahren bin. Der portugiesische Zug setzte erst auf der anderen Seite des breiten Flusses ein. Die Fahrt mit der Fähre war aufregend: Da drüben lag Portugal, da wollte ich hin!"

Schon auf der Fähre war Jaschek mit zwei blonden Mädchen ins Gespräch gekommen, die ebenfalls mit dem Rucksack unterwegs waren und an die Algarveküste wollten. Jaschek stand an der Reling, schaute übers Wasser und riskierte ab und zu einen flüchtigen Blick zu den beiden Mädchen herüber, die ihn mit ihrer ausgelassenen Fröhlichkeit anzogen. Er war schüchtern, überhaupt kein Draufgänger, und so blieb es bei den Blicken. Beim Aussteigen aus der Fähre fasste er sich dann aber doch ein Herz. Rein zufällig war er direkt hinter den beiden und fragte sie auf Englisch, ob sie auch zur Bahnstation wollten. Er hatte vorher mitbekommen, dass sie sich auf Dänisch oder Schwedisch unterhalten hatten. Dabei schlug ihm vor Aufregung das Herz bis zum Hals, aber immerhin bekam er seine Frage heraus, ohne zu stottern. Die beiden schauten ihm offen und freundlich ins Gesicht und bejahten, ja, sie wollten auch zum Bahnhof, ob er denn wüsste, wo der sei? Das musste er verneinen, fragte aber direkt einen älteren Mann, der neben ihm ging, nach dem Bahnhof und ließ sich auf Portugiesisch den Weg erklären.

Die Mädchen schlossen sich ihm an, gemeinsam suchten sie auf der portugiesischen Seite des Grenzflusses Guadiana in Vila Real de Santo António nach der Bahnstation und fanden schließlich einen alten Bahnhof mit dem verblichenen Charme früherer, besserer Zeiten. Die Farbe am Bahnhofshäuschen und an den Schildern war schon abgeblättert. Dort erwartete sie der Algarve-Express, eine Art steinzeitlicher Schienenbus mit drei Waggons. Beim Einsteigen überlegte er noch, ob die beiden wohl jetzt, da sie den Zug gefunden hatten, wieder für sich sein wollten. Wenn er eines hasste, dann war es Aufdringlichkeit, und er hatte große Angst davor, er könne vielleicht selbst aufdringlich auf andere Menschen wirken. Aber als er sich auf eine Holzbank am Fenster setzte, setzten sich die beiden ihm gegenüber - mit etwas Abstand, aber so, dass man sich weiterhin verständigen konnte. Sie redeten weiterhin Englisch, so dass er an ihrem Gespräch teilnehmen konnte, legten die Füße hoch und machten es sich auf den alten Holzbänken gemütlich. Sie stellten fest, dass keiner von ihnen wusste, wohin genau sie fahren wollten, und so guckten sie sich auf der Karte einen Zielbahnhof aus: Albufeira, das war direkt am Meer, nicht zu klein und nicht zu groß, vor allem nicht zu weit, da wollten sie aussteigen.

Bei dem gemütlichen Tempo, das der kleine Zug vorlegte, hatte man jede Menge Zeit, die Landschaft zu betrachten und zu kommentieren und sich alles Mögliche zu erzählen. Die beiden Mädchen waren gerade mit der Schule fertig, kamen aus Göteborg und wollten jetzt erst einmal etwas von der Welt sehen. Sie sprühten vor Abenteuerlust und hatten lange davon geträumt, endlich dahin zu fahren, wo man im Sommer in der Sonne am Strand liegen und baden konnte, ohne zu frieren. Auf Schweden ließen sie nichts kommen, nein, aber das Klima wäre doch gewöhnungsbedürftig, in Göteborg würde es oft regnen. Dies konnte Jaschek von Köln auch bestätigen. Und die Winter wären sehr, sehr lang und dunkel, und im Sommer wäre es wunderschön, aber eben nur warm und nicht heiß wie hier. Die eine der beiden fragte ihn schließlich, ob er etwas auf seiner Gitarre spielen würde. Jaschek guckte sich um, sie waren fast allein im Abteil, also packte er die Gitarre aus, stimmte sie und spielte, was ihm gerade in den Sinn kam, einen fröhlichen, sonnigen Sommer-Bossanova.

Das schien den Mädchen ausgesprochen gut zu gefallen und die Zeit verging wie im Fluge. Es war völlig klar, dass man zusammen am Strand von Albufeira einen Platz suchte und fand, wo die beiden ihr kleines Zelt aufbauten, in dem Jaschek seine Gitarre und seinen Rucksack mit verstauen konnte. Sie machten alles zusammen: Baden, Sonnen, Ballspielen am Strand, Cafézinho trinken in einer der kleinen Bars, Rosé Mateus trinken und kleine, geröstete Fische essen am Abend. Für die portugiesischen Strandhelden, die Jaschek mit seinen beiden schwedischen Schönheiten hinterher guckten, war völlig klar: Die gehörten ihm und wichen ihm nicht von der Seite. Ab und zu bekam er auf Portugiesisch mal die Nachfrage, ob das nicht sehr anstrengend wäre, mit zwei Mädchen, und er ließ sie natürlich in dem Glauben, dass sie zusammengehörten. Das stärkte sein Selbstbewusstsein und seinen Stolz ungemein und er spürte, wie er unter der Sonne der Algarve aufblühte.

Wie lange war das gewesen? Eine kleine Ewigkeit, wahrscheinlich nur drei oder vier Tage. Jaschek wusste es nicht mehr so genau, aber es war ein Stück vom Paradies. Als hätte er damals die Zeit einfach abgelegt wie eine Armbanduhr. Er genoss jeden Augenblick, fühlte sich rundum wohl und die Zeit blieb stehen. Gemeinsam hatten sie eine Reihe von Liedern entdeckt, die sie zusammen singen konnten, Jaschek liebte es, wenn die beiden Schwedisch sangen, das klang wunderschön. Sie hörten ihm gerne zu, wenn er die brasilianischen Lieder, die er konnte, auf Portugiesisch sang oder einfach nur so vor sich hinklimperte, wie es ihm gerade in den Sinn kam. Nachts lagen sie nebeneinander draußen unter dem Sternhimmel und führten Gespräche über die Welt und das Leben als solches.

Britta, die größere der beiden, die immer für alle mitdachte, alles teilte, gut organisieren und reden konnte und sehr sozial eingestellt war, sagte auf Jascheks Frage, was sie denn später mal machen wollte: „I want to do something helpful!". Während Madita, der kleine Irrwisch mit den dunkelblonden Haaren, den verrückten Ideen und dem ansteckenden Lachen, sagte: „And I want to do something beautiful!" Jaschek lag in der Mitte zwischen den beiden und war beeindruckt. Sie sagten nicht, ich will Ärztin oder Schauspielerin werden, nein, die eine wollte im Leben etwas Nützliches tun und die andere etwas Schönes. Das berührte ihn sehr. Er selbst wollte beides: Musik machen, zeichnen, schreiben - aber auch helfen. Ob er das zusammenbekam und wie, wusste er noch nicht, er hatte zwar sein Studium beendet, aber die Zukunft lag noch vor ihm und mit ihr alle Möglichkeiten. Nein, er wollte sich noch nicht festlegen. Er wollte etwas Schönes und etwas Nützliches machen!

Mit diesen Gedanken kuschelte er sich in seinen Schlafsack, aber zu wem drehte er sich? Zu Britta oder zu Madita? Er fühlte sich zu beiden hingezogen, zu Britta, der mütterlichen und warmherzigen - und zu Madita, der frechen und lustigen. Also streckte er sich einfach auf dem Rücken aus und legte eine Hand nach rechts zu Britta und eine nach links zu Madita. Madita kicherte: „Oh, there's a hand! I hope it will not tickle me!" während Britta erwiderte: „Just take it, then it won't tickle!" Jaschek lag dazwischen, spürte Maditas Kopf auf der einen und Brittas Hand auf der anderen Seite und schloss die Augen. An Schlafen war so natürlich erst einmal nicht zu denken. Aber er hatte das Gefühl, für ihn und auch für die beiden Mädchen war so alles in Ordnung, da musste jetzt gar nicht mehr passieren. Es war schön genug so. Später in der Nacht wachte er auf, lag inzwischen auf der Seite, spürte einen Arm auf der einen und einen Fuß auf der anderen Seite und schlief mit zufriedenem Lächeln wieder ein.

Er kann nicht mehr daran erinnern, wann, wie und warum sie auseinandergegangen sind. Vielleicht war es dieses Gleichgewicht des Glücks, ein fragiler Zustand, der nur ein paar Tage halten konnte, und den jeder so schön in der Erinnerung belassen wollte, wie er gewesen war? Vielleicht war es auch die Abenteuerlust der beiden Mädchen, wieder etwas Neues kennenzulernen, nach Jaschek, der zwischen ihnen wie ein großer Freund oder Bruder gewesen war? Vielleicht zwei gut gebaute und flotte Portugiesen, für jede einen? Vielleicht war es auch Jascheks Wunsch, weiter zu ziehen, oder seine Sorge, er könne sich mehr der einen oder der anderen zuwenden und dadurch das wunderbar ausbalancierte Gleichgewicht zerstören? Warum auch immer, plötzlich befand sich Jaschek wieder alleine auf der Piste, den Rucksack auf dem Rücken und die Gitarre an der Schulter, auf dem Weg zur Südwestspitze Portugals.

„Mach mal 'ne Pause, Jaschek, dein Fisch wird ganz kalt! Jetzt solltest du erst einmal dein Essen genießen! Wir haben ja hinterher oder in den nächsten Tagen noch Zeit, deine Geschichten zu hören, wobei ich sagen muss, dass ich dir sehr gerne zuhöre und mich frage, warum ich eigentlich nie solche schönen Sachen erlebt habe?" Schorsch, der seinen Fisch schon mit Vergnügen verspeist hat, holt Jaschek aus einer fast tranceähnlichen Versunkenheit wieder in die portugiesische Wirklichkeit zurück.

„Du hast Recht, Schorsch, ich bin gerade völlig abgetaucht. Jetzt weißt du aber immerhin, warum ich bei der Erwähnung von Albufeira so leuchtende Augen bekam!"

„Allerdings! Ich würde gerne später mehr über deine Portugalreise hören, es versetzt mich auch zurück in meine Jugendzeit! Gott, ist das lange her!" schaltet sich Pagnol ein, der ebenfalls schon zu Ende gegessen hat und mit zufriedenem Lächeln eine Runde eiskalten Vinho Verde nachschenkt. Jaschek nimmt einen großen Schluck und genießt sein Essen, das auch noch lauwarm sehr lecker schmeckt. Sie sind sich hinterher beim Bezahlen nicht sicher, ob sie tatsächlich vier Flaschen Wein getrunken haben, bezahlen aber brav, da die Rechnung trotzdem nicht übermäßig hoch ausfällt, und verschwinden nach einem Cafézinho fröhlich in ihrer Pension, wo Jaschek in der Nacht intensiv und lebhaft träumt.

Er hat eine Verabredung mit Britta und Madita in Stockholm, gleichzeitig befindet er sich aber anscheinend mitten im Theaterstück Peer Gynt, wo ein hässlicher Troll mit hervorstehenden Glubschaugen ihn auffordert, seine Tochter Madita zu heiraten. Er lässt eine hässliche, ausgemergelte Frau holen, hinter der acht hässliche Trollkinder hertrotten. Jaschek schlottern die Knie vor Angst und er wagt nicht, genauer hinzusehen. „Ja, guck sie dir nur genau an, deine Frau und deine Kinder!" schreit der hässliche Troll. Jaschek beteuert, dass dies weder seine Frau noch seine Kinder seien. Aber eine unendliche Traurigkeit befällt ihn, als der Troll ihn darüber aufklärt, dass bei den Trollen andere Regeln gelten als bei den Menschen. Die Gedanken reichen, um Kinder zu zeugen, die Gedanken reichen!

Jaschek erinnert sich plötzlich, wie er Maditas kleine, vorwitzigen Brüste angeschaut hat, als sie nebeneinander am Strand lagen in Albufeira. Die beiden Mädchen oben ohne wie die meisten Touristinnen am Strand, von den

Einheimischen argwöhnisch beguckt. Ja, in diesem Augenblick hat er Madita, das Mädchen, begehrt und nicht Britta, die Frau. Im Traum dreht sich aber plötzlich Britta um, sie ist auch älter geworden, viel älter, aber nicht hässlich, hat Lachfältchen um die Augen und sagt: „Can I do anything helpful for you?" und Jaschek weiß nicht, ob sie ihn erkennt. Er bittet sie, ihn von den Trollen zu retten und Britta antwortet: „Die Trolle sind in dir! Lass sie nicht raus, dann können sie dir nichts tun!" Und tatsächlich, sie beide stehen allein am Meer und Britta fragt: „What have you done, Jaschek? Something beautiful? Or something helpful?"

Albufeira

Nach einem leckeren Frühstück mit Kaffee, Fruchtsaft und viel Obst brechen Jaschek, Schorsch und Pagnol auf. Jaschek erwartet Albufeira mit Spannung und Wiedersehensfreude, kann sich dann aber an kaum etwas erinnern und ist enttäuscht von dem Ort, der ihm jetzt sehr touristisch erscheint. Schorsch dagegen findet Albufeira ganz hübsch und versucht Jascheks Enttäuschung abzumildern: „Wahrscheinlich wart ihr hauptsächlich am Strand damals, und in deiner rosaroten Wolke hast du den Ort gar nicht so richtig wahrgenommen, weil du immer nur auf Britta und Madita geschaut hast! Viele Häuser hier sehen auch relativ neu aus, die gab's damals noch gar nicht! Und den Massentourismus mit Charterflügen nach Faro gab's bestimmt auch noch nicht!"

Zur Adresse, die Pagnol in Faro bekommen hat, fragen sie sich zu Fuß durch, die Straße liegt etwas außerhalb des Ortes und abseits des Strandes, es gibt keine Straßenschilder, aber die hübschen, kleinen, blauen Kacheln mit der Hausnummer. Typisch portugiesisch. Ein Namensschild gibt es nicht an der Tür. Sie klopfen mehrmals, gehen um das kleine Haus herum, das nur vorübergehend unbewohnt zu sein scheint, haben aber keinen Erfolg. Jaschek ist inzwischen so mutig geworden, dass er seine Portugiesisch-Reste zusammenrafft und am benachbarten Haus klopft. Ein kleiner, schmaler, alter Herr mit runzligem, wettergegerbtem Gesicht begrüßt ihn freundlich und bittet ihn, hereinzukommen. Jaschek fragt ihn nach Maria Gonzáles und der Mann erzählt, die „spanische Senhora" wäre öfter bei den Schwiegereltern in Sagres, die hätten dort Ferienwohnungen. Sie wäre oft mehrere Tage nicht zu Hause. Er würde jetzt mal einen „deutschen Kaffee" kochen und dann die Karte holen, um zu zeigen, wo Senhora Gonzáles zu finden sei.

„Woher wissen Sie, dass ich Deutscher bin?" fragt Jaschek erstaunt.

„Das hört und sieht man sofort!" antwortet der Mann und schaut freundlich lächelnd zu Jascheks Sandalen hinunter. Dann fährt er auf Deutsch fort: „Außerdem habe ich zehn Jahre in Deutschland gearbeitet, in Dortmund! Gutes Bier! Sind das da draußen ihre Freunde? Holen Sie sie auch herein, dann machen wir Kaffeetrinken! Da fehlt nur noch der Kuchen! Das hat meine Frau noch manchmal gemacht: deutsches Kaffeetrinken mit viel Milchkaffee und Kuchen! Sie war ganz begeistert davon! Leider ist sie letztes Jahr gestorben."

Ehe Jaschek sein Beileid aussprechen kann, ist der Mann schon zur Tür gegangen und hat Schorsch und Pagnol hereingerufen. Pagnol versteht erst nicht und ist ganz verwundert, auf Deutsch angesprochen zu werden. Bald sitzen sie zu viert um den runden Küchentisch und trinken Kaffee aus einer großen Kanne, der für südländische Verhältnisse relativ dünn ist. Der Gastgeber betont immer wieder, wie sehr er sich freue, deutsche Gäste zu haben und bittet um Entschuldigung, ihnen nur ein paar Kekse und keinen Kuchen anbieten zu können. Er versorgt sich selbst seit dem Tod seiner Frau, bloß Kochen und Backen, das bekäme er nicht so gut hin, aber manchmal würde die Nachbarin etwas vorbeibringen. Er lacht verschmitzt: „Aber ich muss aufpassen, dass ich nicht zu viel von ihr annehme, sonst muss ich sie am Ende noch heiraten!" Alle lachen und Jaschek muss an seinen Traum mit den Trollen denken. Er fragt: „Meinen Sie Senhora Gonzáles?"

„Nein, nein, Senhora Gonzáles ist ja oft nicht da, sie lebt dort sehr für sich. Manchmal bringt sie mir den Schlüssel, damit ich nach dem Rechten sehe und die Katze füttere, wenn sie länger weg ist. Ich bin ja immer zu Hause. Aber zu den anderen in der Straße hat sie wenig Kontakt. Vielleicht fühlt sie sich doch noch als Fremde hier."

„Aber sie ist doch schon zwanzig Jahre hier?"

„Ja, sicher. Aber man ist ja doch in der Fremde. Ich war zehn Jahre in Deutschland, das war eine schöne Zeit, aber ich war doch immer ein Fremder und habe mich gefreut, wieder zurück in meine Heimat zu gehen und hier zu sterben."

Es ist totenstill geworden im Raum. Jaschek merkt, dass er aus Höflichkeit nicht erzählt, wie es ihm wirklich in

Deutschland ergangen ist damals. Umso erstaunter ist er über die Gastfreundschaft und Herzlichkeit, die ihnen hier entgegengebracht wird. Das kennt er auch von seiner Reise damals: er war in Portugal oft als Deutscher eingeladen worden von ehemaligen Gastarbeitern, die es bestimmt nicht immer leicht in Deutschland gehabt hatten und ihn mit ihrer offenherzigen Freundlichkeit beschämten. Jeder hängt seinen Gedanken nach und der Gastgeber merkt plötzlich, dass die Stimmung nachdenklich geworden ist, schenkt neuen Kaffee ein und wechselt schnell das Thema: „Ich wusste gar nicht, dass Senhora Gonzáles deutsche Bekannte hat."

Die drei Männer erzählen dem netten alten Herren die ganze komplizierte Geschichte in Kurzform. Er hört sehr interessiert und aufmerksam zu, schmunzelt manchmal oder schüttelt den Kopf, fragt ab und zu nach, wenn er etwas nicht richtig verstanden hat, schaut immer wieder zu Jaschek herüber und kommentiert zum Schluss: „Das ist ja ein richtiger Krimi, und nur Senhora Gonzáles kennt den Täter! Schade, dass meine Frau das nicht mehr erleben kann! Die hat jede Woche einen neuen Krimi gelesen, sie war ganz verrückt danach. Und jetzt haben wir einen Krimi mitten vor der Haustür!" Er lacht und meint dann: „Sie wollen jetzt bestimmt wissen, ob ihr geschiedener Ehemann hier aufgetaucht ist? Nein, sie hat eigentlich nie Besuch gehabt. Und ein Spanier, ein homosexueller Spanier? Das wäre aufgefallen, glaube ich."

„Sie sagten vorhin, dass sie ihre Schwiegereltern in Sagres oft besucht. Hatte sie denn manchmal Besuch hier in ihrem Haus?"

„Nein, nie, soweit ich weiß. Sie redete nur von den Schwiegereltern, aber gesehen habe ich sie nie."

„Das könnte ja bedeuten, dass sie hier in Portugal noch einmal geheiratet hat."

„Nein, bestimmt nicht. Sie hat immer alleine gelebt. Eigentlich merkwürdig, ja, da haben Sie Recht, aber ich habe auch nie nachfragt, so vertraut sind wir nicht, das wäre unhöflich."

„Gibt es denn in ihrem Haus Fotos des Mannes oder der Schwiegereltern oder gar von Kindern?"

„Ich war nie in ihrem Haus, ich habe die Blumen im Garten versorgt und der Katze etwas hingestellt. Briefe habe ich unter der Tür durchgeschoben."

„Aber sie hatten doch einen Schlüssel?"

„Ja, aber ich musste ja gar nicht ins Haus hinein. Der Schlüssel war für Notfälle, falls es brennt oder das Dach abgedeckt worden wäre. Ansonsten hatte ich das Gefühl, ich hätte da nichts zu suchen."

„War Senhora Gonzáles manchmal hier im Haus?"

„Nein, sie ließ sich nie herein bitten. Sie ist sehr reserviert, bleibt immer draußen an der Tür stehen. Vielleicht bin ich deshalb auch nie bei ihr im Haus gewesen."

Der alte Mann holt die Karte aus dem Nebenraum, um ihnen zu zeigen, wo sie hinfahren müssen, um Maria Gonzáles zu treffen. Jaschek hat den Eindruck, er würde am liebsten mitfahren. Sie bitten ihn, Senhora Gonzáles gegenüber nicht zu viel von dem zu verraten, was sie ihm erzählt haben. Der alte Mann lächelt verschmitzt: „Ach wissen Sie, ich lebe allein hier, ich muss vieles für mich behalten. Wir Portugiesen sind keine Klatschweiber, wir können gut unsere Geheimnisse und unseren

Kummer für uns behalten. Nur die Freude, die muss heraus! Aber Sie haben mir große Freude mit Ihrem Besuch bereitet und ich hoffe sehr, Sie hier noch einmal zu sehen!"

Cabo de Sao Vicente

Schorsch, Pagnol und Jaschek fühlen sich, als würden sie einen alten Freund verabschieden. Sie danken dem Mann herzlich für seine Gastfreundschaft und Hilfsbereitschaft, bevor sie zurück nach Albufeira laufen und in ihren Mietwagen steigen, den sie dort abgestellt haben. Auf der Fahrt entlang der Algarveküste bis zum äußersten Zipfel nach Sagres unterhalten sie sich über den neuesten Stand der Ermittlungen. Der alte Herr ist zuletzt in seiner Jugend in Sagres gewesen, meint aber, der Ort sei so klein, dass jedermann die Ferienwohnungen von Maria Gonzáles' Schwiegereltern kennen müsste. Ob sie Maria dort wirklich treffen werden? Und ihre Schwiegereltern, also die Eltern von Ezcurra, auch? Da der Name Ezcurra an der Algarve nicht polizeilich gemeldet ist, heißen sie entweder anders, oder leben dort unter einem anderen Namen. Vielleicht ist es auch Ezcurra selbst, der sich dort versteckt? Ob Maria ihnen überhaupt etwas erzählen wird, wenn sie sie treffen?

All diese Fragen werden hin- und hergewendet und die Spannung steigt, als sie schließlich in Sagres eintreffen. Ja, Sagres ist tatsächlich immer noch ein kleiner Ort, ein malerischer dazu, aber auch ein touristischer. Sie fragen im Tabakladen, nein, eine Maria Gonzáles sei hier nicht bekannt, und Ezcurra auch nicht. Ja, Ferienwohnungen gäbe es viele, auf der ganzen Halbinsel an der Ost-, Süd- und Westküste bis hinauf nach Carrapateira. Selbst im Naturschutzgebiet von Monchique wären Ferienhäuser gebaut worden, obwohl das eigentlich verboten sei. Aber man wüsste ja, wie das einige Leute anstellen, damit die Behörden wegschauen. Die Gegend hier sei sehr begehrt, alle Touristen wollten einmal an die Südwestspitze, an das Cabo de Sao Vicente. Franzosen hätten sich hier niedergelassen und gebaut, Engländer auch und Deutsche, aber Spanier eigentlich weniger. Die hätten doch selbst genug Küste.

Erkundigungen in anderen Läden geben ähnlich niederschmetternde Ergebnisse, die Polizeistelle ist nicht besetzt und die Bankangestellte stammt aus dem Alentejo und kennt sich hier nicht so richtig aus. Nach kurzer Beratung beschließen die drei, auf gut Glück ein bisschen herumzufahren, die Augen offen zu halten und immer wieder nachzufragen. Sie fahren auf kleinen Straßen an der Küste entlang zum Cabo Vicente. Ihnen fällt jetzt auf, dass sie den alten Herren überhaupt nicht nach einer Beschreibung von Maria Gonzáles gefragt haben. Schorsch ärgert sich: „Das war wirklich dumm von uns! Als Ermittler müssen wir ganz schön Lehrgeld bezahlen, das wäre unserem Tomilla in Laredo nicht passiert!"

„Wer weiß, auch Kommissare machen grobe Schnitzer. Und such hier mal in dem Touristengewimmel nach einer alten Frau mit schwarzem Haar und zerfurchtem Gesicht! Das kann man doch vergessen!"

„Aber vielleicht ist sie ja weißhaarig und hat eine riesige Nase mit Pickel? Oder sie ist blondiert?"

„Wir suchen eine vermutlich 60-jährige Frau aus Nordspanien. Hätten wir die Telefonnummer von dem alten Herren notiert, könnten wir ihn jetzt anrufen und nachfragen!"

„Mist! Zweiter grober Feher! Wie blöd sind wir eigentlich! Nett geplauscht, aber an die wichtigen Dinge nicht gedacht!"

„Hey, Es Pagnol, sag doch mal was! Du bist doch zuständig für Espagnolas! Wie soll's denn jetzt weitergehen?"

Pagnol hat die ganze Zeit geschwiegen und er wirkt so, als ob er still in sich hinein lächelt, völlig entspannt und zufrieden. Er schaut Jaschek in die Augen und meint: „Jaschek, mein Lieber, du hast heute noch gar keine Geschichte von früher erzählt! Du warst doch damals hier, oder?"

„Ja, ich war an der Spitze, an diesem Kap, da hab ich abends auf dem Felsen gesessen und über das Meer geschaut. Ein wunderbares Fleckchen für Fernweh und sentimentale Anwandlungen. Es gab zwar einige Touristen dort, aber die verteilten sich ganz gut, wenn man etwas abseits ging. Ich glaube, ich habe dort sogar Gitarre gespielt und gesungen. Wahrscheinlich habe ich auch irgendwo in den Felsen übernachtet. Doch richtig, ich erinnere mich, es gab einen Leuchtturm dort, man konnte nachts den Lichtstrahl des Leuchtturms sehen, der immer wieder für ein paar Sekunden die Szenerie erhellte. Sehr romantisch."

Pagnol blickt Jaschek immer noch intensiv an und Jaschek hat zum wiederholten Mal das Gefühl, als könne

Pagnol Einfluss auf seine Gedanken nehmen. Die Bilder der Erinnerung, die in ihm hochsteigen, werden ganz intensiv: „Am Abend war ich noch spazieren. Die meisten Touristen waren schon wieder weggefahren, nur ein Verkaufswagen stand noch am Ende des Parkplatzes. Eine Frau mit einer weißen Schürze stand darin, sie winkte mich zu sich und schenkte mir kleine geröstete Fische. Sie war deutlich älter als ich, aber sehr hübsch, mit schwarzen Locken, und sehr freundlich. Sie packte ihren Kram zusammen und erzählte mir alles Mögliche, das ich nur zum Teil verstand. Sie fragte mich, aus welchem Land ich käme und wie alt ich wäre, ob ich schon einmal in Portugal gewesen wäre und wie es mir gefallen würde. Ich stotterte in schlechtem Portugiesisch meine Antworten zusammen und merkte dabei, dass mir ganz heiß wurde, so freundlich war sie zu mir und so intensiv lächelte sie mich an. Noch intensiver als du, Pagnol!"

Pagnol grinst so breit, als wüsste er schon, wie die Geschichte ausgehen würde. Aber Schorsch ist sehr interessiert am Fortgang und bittet Jaschek, weiterzuerzählen. „Ja, eigentlich war's das schon fast. Wenn ich mich richtig erinnere, sagte sie mir schließlich, ich sollte in ihren Wagen kommen. Ich war aber nicht ganz sicher, ob ich sie richtig verstanden hatte, lief knallrot an und stotterte, ich müsse jetzt zurück zu meinem Zelt. Dabei hatte ich ja gar kein Zelt. Sie lachte, zuckte mit den Schultern und sagte „Adeus" und dass sie morgen wieder dort wäre. Ich taumelte zu meinem Felsen und versuchte noch einmal, das Gespräch zu rekonstruieren. Hatte ich sie wirklich richtig verstanden? Oder war das alles nur ganz harmlos gewesen? Ich hatte auf jeden Fall mächtig Angst bekommen, was da auf mich zukam und hatte die Notbremse gezogen. Mein Herz klopfte noch immer wie wild. Ich hatte zwei Stimmen in mir. Die eine sagte: *Da hast du dich aber schön blamiert, Jaschek!* Und die andere sagte: *Richtig so, nichts überstürzen, was du hinterher bereuen könntest. Bleib ganz ruhig, Jaschek und behalt die Kontrolle!*"

„Und welche Stimme war lauter?" fragt Schorsch und grinst jetzt auch so breit und süffisant wie Pagnol.

„Die erste Stimme war lauter. Ich kam mir wie ein Idiot vor und konnte die ganze Nacht nicht richtig schlafen. Am Morgen schlich ich mich weg, als der Parkplatz noch leer war. Ich wollte ihr nicht noch einmal begegnen. Und doch musste ich ein paar Tage immer wieder darüber nachdenken, es hing mir nach, diese einfache und direkte Freundlichkeit, dieses Lächeln und das Schulterzucken am Ende. Zum Schluss siegte dann die zweite Stimme, die mir einredete, es wäre schon alles in Ordnung gewesen, so wie es war. Dieser Stimme glaubte ich zwar nicht wirklich, aber sie war besser für mein angekratztes Selbstvertrauen."

„Unser Jaschek, unglaublich!" murmelt Schorsch. In diesem Augenblick fahren sie auf einen großen Parkplatz zu, vorbei am Schild „Cabo Vicente". Am Ende des Platzes ist der Leuchtturm zu sehen. Abgesehen von vielen Reisebussen und Autos gibt es auch etliche Verkaufsstände. Sie parken, steigen aus und Pagnol fordert Jaschek zu einem kleinen Spaziergang über den Platz auf. Jaschek trifft fast der Schlag: Am Ende des Parkplatzes steht ein rostiger, alter Lieferwagen mit heruntergeklappter Verkaufstheke! Jaschek macht vor Schreck ganz große Augen. Pagnol lächelt immer noch und sagt:

„Klapp den Unterkiefer wieder hoch, Jaschek! Jetzt machen wir mal einen kleinen Spaziergang nach da drüben und gucken, ob sie dich wiedererkennt!"

Jascheks Gefühle spielen Achterbahn. Tausend Fragen schießen ihm durch den Kopf: Wie macht Pagnol das eigentlich? Ist das wirklich der Wagen von damals, nein, das kann doch nicht sein! Und wenn, muss die hübsche Frau von damals inzwischen über sechzig sein! Je näher sie dem Wagen kommen, desto mehr rutscht ihm das Herz in die Hose. Er fühlt sich wie ein Teenager, der zum ersten Rendezvous geht. Ja, der Wagen ist so alt und rostig, der kann gut und gerne dreißig Jahre oder mehr auf dem Buckel haben. Und das große Verkaufsfenster mit dem Holzbord davor - das ist es doch, oder? Er kann noch nicht hineinsehen, es stehen Leute davor, die frittierten Fisch kaufen. Dann steht er direkt hinter der wartenden Menge und riskiert einen Blick: Eine freundliche, alte Frau mit weißen Haaren und ganz vielen Lachfältchen um die Augen bedient die Kunden in einer weißen Schürze. Pagnol flüstert Jaschek ins Ohr: „Soll ich euch beide alleine lassen? Oder brauchst du Hilfe?"

„Pagnol, bleib hier bei mir! Ich bin zu aufgeregt, um irgendwas Vernünftiges herauszubringen!"

Als Jaschek an der Reihe ist, lächelt ihn die ältere Dame an wie einen alten Bekannten und fragt ihn, ob er schon einmal hier gewesen wäre. Jaschek ist rot angelaufen und nickt nur. Pagnol schaltet sich ein und beantwortet ihre Frage: „Ja, er war schon einmal hier. Vor 29 Jahren!"

„Vor 29 Jahren, 1982? Oh, da habe ich hier angefangen, im Sommer. Ich hatte mich selbständig gemacht und diesen hübschen Wagen auf Pump erworben. Das schöne Fleckchen hab ich mir ausgesucht, am Ende der Welt, und von hier bin ich nie weggegangen, auch wenn das Geschäft nicht immer gut lief! Sie sehen selbst, wie viel Konkurrenz es inzwischen gibt! Sogar deutsche Bratwurst können Sie dort drüben inzwischen kaufen! Zu mir kommen die Touristen, die nicht nach Portugal fahren, um hier deutsche Bratwurst zu kaufen, sondern lieber Fisch und Meeresfrüchte! Entschuldigen Sie, Senhores, ich muss bedienen!"

Die Senhora bedient einige Kunden, während Pagnol und Jaschek an der Seite des alten Lieferwagens warten. Dann hängt sie ein Schild heraus: *Bin gleich wieder da*, schließt die Verkaufsluke und kommt mit zwei Kaffeebechern heraus. „Kommen Sie, Senhores, wir setzen uns da drüben auf die Bank und machen eine kleine Pause!"

An einer windgeschützten Stelle auf der Seite des Platzes befindet sich eine Holzbank, auf die sie sich setzen. Schorsch macht derweil einen kleinen Spaziergang an den Aussichtspunkt, er will bei den Gesprächen nicht stören. Pagnol erzählt Jascheks Geschichte, die weißhaarige Frau sieht immer wieder hinüber zu Jaschek und lächelt still in sich hinein. Jaschek ist verlegen wie ein Schuljunge und immer noch rot. Als Pagnol geendet hat, legt sie ihre beruhigend warme Hand auf Jascheks und sagt: „Und da habe ich 29 Jahre warten müssen, dass du mich besuchst! Ich dachte, du kommst am nächsten Tag noch einmal vorbei! Ich erinnere mich noch an deine schönen Locken und deine grünblauen Augen! Und du warst genauso nervös wie heute, dabei bestand gar keine Gefahr für dich. Ich war übrigens damals schon verheiratet und habe inzwischen drei Enkelkinder!"

Als Jaschek das hört, entspannt er sich endlich und genießt die Situation, mit dieser netten, portugiesischen Oma auf der Bank zu sitzen. Ja, langsam kehrt auch sein Humor zurück und er antwortet: „Und ich dachte schon, Sie hätten hier 29 Jahre auf mich gewartet und keinen anderen Mann mehr angeschaut!" Sie kichert wie ein Mädchen und erwidert: „Ihr jungen Burschen nehmt euch einfach zu wichtig!" Jetzt müssen Pagnol und Jaschek grinsen, denn „junge Burschen", das hat lange keiner mehr zu ihnen gesagt. Pagnol streicht sich selbstgefällig über den Bauch, als wolle er das, was in den letzten Jahren dort hinzugekommen ist, einfach abstreifen. Er übernimmt wieder das Gespräch: „Senhora, wir könnten stundenlang hier mit Ihnen in der Sonne sitzen und plaudern, aber wir halten Sie auf! Sie können keinen Fisch verkaufen, wenn Sie hier mit uns sitzen."

„Pausen müssen sein, und ich habe länger schon keine so nette Pause mehr gemacht. Kommt mit, ich möchte euch noch etwas mitgeben!"

Sie gehen wieder hinüber zum Verkaufswagen, in dem die Senhora verschwindet. Die Verkaufsluke öffnet sich wieder, das Schild wird abgehängt und die alte Dame reicht ein kleines Päckchen heraus. Jaschek und Pagnol bedanken sich artig. Pagnol fügt noch hinzu: „Senhora, kennen Sie eine Maria Gonzáles?"

„Maria Gonzáles, die Spanierin? Ja, sie kam früher öfter hier vorbei, um meine frittierten Auberginenröllchen mit Weißkäse und Honig zu kaufen. Ich habe sie dann mal gefragt, ob sie auch mal eine meiner anderen Spezialitäten probieren wolle. Aber sie wollte immer nur diese Auberginen, weil sie schmecken würden wie bei ihr zu Hause in Nordspanien. Sie erzählte mir, dass sie aus Spanien an die Algarve gezogen sei und manchmal noch Heimweh hätte. Dann musste sie Auberginenröllchen essen, damit es ihr wieder besser ging. Sie war jetzt länger nicht mehr hier. Sie wohnt in Albufeira, glaube ich."

„War sie manchmal in Begleitung?"

„Normalerweise nicht. Aber doch, einmal war sie mit einem Mann hier, gut aussehend, in ihrem Alter. Er hatte einen Ohrring wie ein Seemann. Er wirkte sehr verschlossen und sagte nichts. Vielleicht verstand er auch nichts. Aber das ist schon sehr lange her."

„Wie sieht Senhora Gonzáles jetzt aus? Können Sie sie uns beschreiben?"

„Haben Sie sie auch so lange nicht gesehen? Ja, wie sieht sie aus? Sie ist etwa so groß wie ich, sehr aufrecht, schlank, kleine Hände, schmales Gesicht, traurige dunkle Augen, sehr schmaler Mund, schwarzes Haar. Das war früher eher dunkelbraun, aber wahrscheinlich färbt sie es schwarz, um nicht grau zu werden wie ich. Sie ist immer dunkel gekleidet und fährt einen schwarzen Mini, ziemlich flott übrigens."

„Danke für die genaue Beschreibung, Senhora. Haben Sie vielleicht einen Tipp, wo man sie sonst noch finden könnte, wenn sie nicht zu Hause in Albufeira ist?"

„Sie sagte mir hin und wieder, sie müsste noch nach Odeceixe. Das ist 50 Kilometer nördlich von hier an der Grenze zum Alentejo, an der Costa Vicentina. Was sie dort macht, hat sie nicht gesagt. Vielleicht hat sie Verwandte dort."

„Hat sie einmal erwähnt, ob sie noch Verwandte hier hat?"

„Nein, nie. Auch ihren Begleiter hat sie damals nicht vorgestellt. Ich dachte, er sieht ihr ein bisschen ähnlich. Weshalb fragen Sie das alles?"

„Oh, das ist eine lange und komplizierte Geschichte - und Sie bekommen gerade neue Kunden! Sie haben uns sehr geholfen Senhora - nein, das gibt es ja nicht! Wir haben nicht einmal nach Ihrem Namen gefragt, das war aber sehr unhöflich!"

„Teresa d'Oliveira da Silva! Grüßt Maria Gonzáles herzlich von mir! Und wenn es euch geschmeckt hat, schaut noch einmal vorbei! Adeus!"

Damit wendet sie sich der inzwischen immer größer gewordenen Schlange von Kunden zu, die geduldig darauf warten, bedient zu werden. Pagnol ruft noch einmal einen herzlichen Dank und einen Gruß hinüber, ehe sie zum Leuchtturm hinüberlaufen, um Schorsch zu suchen. Der sitzt etwas abseits auf einem Felsen und schaut über das Wasser. Sie setzen sich zu ihm. Hier ist es sehr windig und die Brandung ist gut zu hören. Das Meer wirkt fast türkisgrün und die Wellen tragen weiße Schaumkronen. In der Ferne ziehen sich dichte Wolken am blauen Himmel zusammen und der Wind frischt auf. Pagnol erzählt kurz den neuesten Stand der Dinge. Sie beschließen, direkt nach Odeceixe zu fahren.

Odeceixe

Als sie im Auto sitzen, fragt Jaschek Pagnol, woher er das gewusst habe mit Teresa. Gar nichts habe er gewusst, beteuert Pagnol, aber Jaschek glaubt ihm nicht: „Du weißt doch bestimmt auch, dass ich damals in Odeceixe war!"

„Jetzt, wo du es sagst, weiß ich es, Jaschek! Aber gedacht habe ich mir das schon, du warst ja praktisch an allen strategisch wichtigen Orten!"

„Dabei ist Odeceixe nur ein kleines Nest, soweit ich mich erinnere."

„Umso besser für uns, wenn wir Maria Gonzáles finden wollen."

„Ob der Begleiter Ezcurra war?"

„Du meinst wegen gut aussehend und Ohrring? Wer weiß? Ihr Bruder kann es nicht gewesen sein. Der war schon lange tot, erdrosselt mit einer Gitarrensaite…"

„Hör auf damit! Das hatte ich schon ganz verdrängt. Aber vielleicht hat sie noch einen anderen Bruder hier? Oder doch einen heimlichen Freund oder Mann?"

„Möglich ist alles. Und unsere Grundannahme ist ja, dass es keine Zufälle gibt. Warum also nicht: Sie besucht in Odeceixe ihren Bruder. Komisch nur, dass von dem bisher gar nicht die Rede war. Unser Kommissar in Laredo sagte, der erdrosselte Forcadas hätte nur eine Schwester gehabt."

„Vielleicht hat der Bruder schon damals hier gelebt?"

„Vielleicht. Dann wäre Maria hier in seine Nähe gezogen. Aber er hat sie nie besucht in Albufeira. Und ihrem

Nachbarn hat sie erzählt, sie hätte Schwiegereltern in Sagres. Alles merkwürdig. Da muss uns Maria Gonzáles selbst weiterhelfen. Aber Jaschek, vertreib uns doch die Zeit beim Autofahren und erzähl uns was über deine Erlebnisse in Odeceixe. Du erinnerst dich doch sicher gut, oder?"

Dabei schaut er Jaschek wieder mit diesem Blick an, der ihm durch und durch geht. Prompt hat Jaschek Bilder aus der Vergangenheit vor Augen. Odeceixe - ein Name, der ihm in guter Erinnerung ist. Als er damals abends dort ankam, wurde gerade ein Fest gefeiert. Alle Leute waren auf den Straßen, überall standen Grills, auf denen über Holzkohle kleine Fische geröstet wurden. Noch ehe Jaschek einen Platz für seinen Rucksack gefunden hatte, waren ihm schon Fische zum Probieren angeboten worden. Sie schmeckten köstlich, erst traute er sich nicht richtig heran, aber ein Einheimischer zeigte ihm, wie man sie aß: Mit Haut und Haaren, ganz, am Stück. Dazu aß man frisches Brot und trank Wein, damit Fisch und Brot besser rutschten. Überall spielende Kinder und fröhliche Erwachsene, und er mittendrin.

Er lief in einen kleinen Krämerladen, um etwas Obst, Käse und Brot zu kaufen, auch hier bekam er sofort Sardinen und Brot angeboten und ein Glas Wein eingeschenkt, ehe er überhaupt etwas kaufen konnte. Er bedankte sich freundlich, erzählte sein Sprüchlein, wo er herkäme und es gab wie immer einen im Laden, der schon einmal in Alemanha gearbeitet hatte und den anderen im Laden bei der Gelegenheit gleich mitteilte, wie schön es in Deutschland war, wie gut man dort bezahlt wurde für seine Arbeit, wie groß die Geschäfte waren und was man dort alles kaufen konnte.

Darüber schien sich ein Streit mit einem jungen Mann im Laden zu entfachen, von dem Jaschek nur Sprachfetzen mitbekam, aber die Erregung spürte, mit der dieser Streit geführt wurde. Er hatte das dumme Gefühl, es ging hier um ihn, den „estrangeiro", den Fremden aus dem reichen Deutschland. Auch das Wort „rico" tauchte öfter auf. Er wollte den Leuten gerne erklären, dass er kein „rico", kein Reicher wäre, sonst würde er ja auch kaum mit einem Rucksack durchs Land ziehen. Aber die beiden Männer waren so vertieft in ihren hitzigen Streit, dass er gar keine Chance hatte, dazwischenzukommen, außerdem verstand er ja viel zu wenig und konnte sich auch nur sehr behelfsmäßig verständlich machen.

Die Verkäuferin versuchte ihn abzulenken, in dem sie ihm freundlich zu essen und zu trinken anbot. Jaschek wusste nicht recht, wie er sich verhalten sollte. Wenn es wirklich um ihn, den reichen Deutschen, ging, der sich hier in Portugal von den armen Leuten beschenken lässt, während die Ausländer in Deutschland beschimpft und schlecht behandelt werden, durfte er nichts mehr annehmen. Aber damit würde er die freundliche Verkäuferin vor den Kopf stoßen. Er bedankte sich freundlich und verabschiedete sich schnell, was die beiden Streitenden anscheinend gar nicht so richtig mitbekamen.

Draußen war jetzt Musik zu hören, Kinder tanzten zur Discomusik auf der Straße zu zweit, manche waren bestimmt gerade erst vier. Jaschek wurde angelacht, er grinste zurück und freute sich über das fröhliche Gewusel. Jetzt kamen immer mehr erwachsene Paare dazu, die Musik ein portugiesisches Disco-Rock-Gemisch. Jaschek setzte sich auf eine Mauer, auf der einige Jugendliche saßen und guckte dem bunten Treiben zu. Sein linker Nachbar erklärte ihm, das wäre die *disco oferecedo* - die Disco für alle. Und tatsächlich tanzten hier alle auf der Straße, und am ausgelassensten die ganz Kleinen und die Alten. Jaschek genoss den Anblick, die wilde, ungezähmte, ansteckende Fröhlichkeit und zog später, als er müde wurde, am Fluss hinunter Richtung Strand, der zwei bis drei Kilometer vom Ort entfernt war. Die Musikfetzen und einzelne Juchzer und Rufe hörte er noch bis spät in die Nacht hinein.

Am Morgen nahm er ein Bad im Meer, das Wasser hier an der Westküste war erheblich kälter als das Algarve-Wasser. Auch die Wellen waren gewaltig, immer wieder ließ er sich umschmeißen, tauchte zwischen den Wellen hindurch, sprang hinein und legte sich schließlich erschöpft an den warmen Sandstrand, der völlig menschenleer war.

„Keine Frauen diesmal?" fragte Schorsch enttäuscht.

„Nein, soweit ich mich erinnern kann, nicht. Aber gute Erholung, ein nettes Dörfchen und ein wunderbarer Strand. Ach ja, war es nicht in Odeceixe, wo ich Fernando Neves kennenlernte, einen ehemaligen Gastarbeiter aus Deutschland mit seinem kaputten Knie? Sein Kollege beim Straßenbau hatte die Lage der Stromleitung in der Erde falsch angegeben, und so war Fernando beim Buddeln leider auf das Stromkabel gestoßen. An den Folgen dieses Irrtums litt er immer noch, er zog das linke Bein nach und sein Knie war fast unbeweglich. Aber er hatte damals nicht versucht, eine Rente oder Schadensersatz oder Schmerzensgeld zu bekommen, nein, dazu war Fernando nicht der Typ. Er hatte eben Pech gehabt und zog, als er in Deutschland aus dem Krankenhaus kam, wieder zurück zu seiner Familie in Portugal und versorgte seine vier Kinder, während seine Frau arbeiten ging, um die Familie zu ernähren.

Das alles hatte bei ihm anscheinend nicht zur Verbitterung geführt, im Gegenteil. Stolz erzählte er mir von seiner Familie, zeigte mir Bilder seiner Kinder und seiner tapferen Frau und versprühte einen Optimismus und eine gute Laune, dass man gar nicht glauben wollte, was dieser Mann erlebt hatte in seinem Leben. Sein Vortrag war portugiesisch-deutsch gemischt, immer wieder kamen deutsche Brocken dazwischen, die er sich als Redewendung damals angeeignet hatte, am häufigsten „Mein Lieber, mein Lieber!", „Alles klar?" und „Pass up!". Ja in Köln hätte er damals gearbeitet, in Köln-Mülheim, und schöne Frauen hätte es da gegeben, mein Lieber, mein Lieber! Aber er hatte sich immer gesagt: Pass up! Gegessen wird zu Hause - und da warteten ja seine Frau und die vier Kinder. Alles klar? Herrlich war es, mit diesem Mann zu erzählen, und er ließ es sich nicht nehmen, mich zum Abend zu sich nach Hause einzuladen, um mir seine Familie vorzustellen. Und pass up! am Strand allein, das wäre doch gefährlich, mein Lieber, mein Lieber, das könnte ich doch nicht machen! Ich könnte bei ihnen im Garten übernachten, wenn ich denn unbedingt im Schlafsack im Freien schlafen wollte, alles klar? Da war natürlich jedes Gegenargument zwecklos!"

Als Jaschek dann abends mit Obst, Käse und Blumen an der verblichenen, ehemals blauen Haustür von Familie Neves stand, wurde er herzlich begrüßt, von den Kindern sofort umringt und stolz ins Wohnzimmer geführt, wo schon alles angerichtet war. Die Blumen hatte Fernandos Frau dankend entgegengenommen, Brot und Käse wurde ihm allerdings unter schärfstem Protest („Nicht doch, mein Lieber, mein Lieber!") gleich wieder in den Rucksack gesteckt, es wäre ja alles zum Essen da, das sollte er mal mitnehmen für die Reise am nächsten Tag, alles klar? Das Essen war lecker, es gab Stockfisch, dazu Kohl aus dem Garten und Kartoffeln - wahrscheinlich zu Ehren des Deutschen, der ja gewöhnlich alles mit Kohl und Kartoffeln isst. Die Kinder waren fröhlich und laut und wurden manchmal von Fernando zurechtgewiesen, wenn sie zu sehr über die Stränge schlugen.

Nach dem Essen spielte Jaschek auf seiner Gitarre, erst etwas Ruhiges, er hörte, wie Fernando zu seiner Frau sagte: „Der Jung kann spielen, mein Lieber, mein Lieber!" Dann wollten die Kinder tanzen und Jaschek improvisierte auf seiner Gitarre lustige Tanzmusik, während die Kinder kreischend vor Vergnügen rund um den Esstisch tanzten. Später am Abend half er, die Kinder zu Bett zu bringen - sie teilten sich jeweils zu zweit ein Bett - und sang und spielte ihnen zum Einschlafen Schlaflieder vor, die er selbst noch aus seiner Kindheit kannte: *Kommt der Mond mit der Laterne, leuchten all die kleinen, all die kleinen Sterne, machen ihre Äuglein zu ...* Immer, wenn ein Lied fertig war, flüsterte eins der Kinder: „Outra vez!" - Noch einmal!

Als er zurück ins Wohnzimmer kam, saß da ein Fernando mit Tränen in den Augen und sagte, das wäre der schönste Geburtstag, den er je erlebt hätte. Jaschek meinte, nicht richtig verstanden zu haben und fragte noch einmal nach, wer heute Geburtstag habe und Fernando goss ihm ein Glas Rotwein ein, stieß mit ihm an und sagte, er hätte heute seinen 5. Geburtstag. Jaschek schaute ungläubig und verstand noch immer nichts. Fernando lachte über Jascheks ratloses Gesicht: „Du machst Gesicht, Jung, mein Lieber, mein Lieber!" und erzählte ihm dann, „pass up!", dass er genau vor fünf Jahren den schlimmen Unfall hatte, bei dem er mit dem Leben davon gekommen war, das wäre jetzt sein Geburtstag, und den würde er jedes Jahr still für sich feiern, „alles klar?" Und diesmal sogar mit einem Deutschen, der ihn und seine Kinder zum Lachen und zum Weinen bringe - und schon füllten sich seine Augen wieder mit Tränen und er wandte sich ab und schniefte in sein Taschentuch. Die beiden tranken die Flasche leer, was auch die Unterhaltung wieder flüssiger machte, dann brachte Fernando Jaschek eine weiche Unterlage, auf der er sich mit seinem Schlafsack zur Nachtruhe bettete.

Jaschek schlief herrlich. Im Traum tanzten alle Dorfbewohner von Odeceixe um ihn herum und er saß auf einer Apfelsinenkiste und spielte Gitarre. Am nächsten Morgen wurde er mit einem „deutschen Frühstück" verabschiedet: Viel Kaffee mit Sahne, dazu Brot mit Marmelade und Nutella, was besonders die Kinder sehr erfreute. Fernando bekam regelmäßig von seinem Bruder, der noch in Deutschland arbeitete („Der verdient ein Geld, mein Lieber, mein Lieber!"), Care-Pakete nach Hause geschickt, und immer war Nutella dabei für die Kinder. Als Jaschek sich verabschiedete, hatten alle feuchte Augen: er selbst, Fernando, und seine Frau und die Kinder weinten, winkten ihm hinterher und riefen „Até mais!" - Bis später einmal!

„Meinst du, du findest das Haus von Fernando wieder, Jaschek?" fragt Pagnol.

„Das kommt darauf an, wie sehr sich der Ort verändert hat. Ich kann's versuchen. Außerdem können wir fragen, ich weiß ja sogar noch seinen Nachnamen: Fernando Neves. Ich hoffe, er lebt noch dort."

Eine halbe Stunde später fahren sie in Odeceixe ein und parken auf dem Platz vor der Kirche. Zusammen schlendern sie durch den immer noch kleinen und beschaulichen Ort, Jaschek erkennt die Mauer wieder, auf der er damals gesessen hat und versucht sich zu erinnern, wo Fernandos Haus gewesen ist. Ein paar Mal sagt er: Hier muss es sein, wenn sie in eine kleine Gasse einbiegen, aber jedes Mal findet er nicht die passende Haustür. Schließlich schlägt Pagnol vor: „Wir gehen in den kleinen Laden dort drüben und fragen dort nach!" Leider stammt die Verkäuferin nicht aus der Gegend, aber sie empfiehlt ihnen, im Café nachzufragen. Dort suchen sich die drei ein schönes Plätzchen draußen unter einem alten Baum, der wohltuenden Schatten spendet und bestellen erst einmal etwas zu trinken. Auch die Bedienung ist leider nur eine Ferienaushilfe, verspricht aber, den Chef zu holen, der in Odeceixe geboren ist.

Ein freundlicher alter Herr mit weißen Haaren und einem imposanten weißen Schnäuzer erscheint etwas später und setzt sich zu ihnen an den Tisch. Er hat eine Flasche Schnaps mitgebracht und vier Gläser und verteilt erst einmal einen Begrüßungsschluck mit der Bemerkung: "Der lockert die Zunge." Nachdem sie sich zugeprostet und vorgestellt haben, fängt er an zu erzählen:

„Fernando Neves? Natürlich kenne ich ihn, alle im Dorf kennen ihn, so ein netter Kerl, hat in Deutschland geschuftet, bis er nach einem Unfall ein Bein steif hatte, war nix mehr zu machen. Hat es aber tapfer ertragen, hat zu Hause seine Kinder groß gezogen, gekocht und geputzt, den ganzen Haushalt geschmissen, und seine Frau ist arbeiten gegangen. So nette Kinder, alle mochten sie. Aber als sie dann groß waren und weggegangen sind nach Lissabon, der Älteste sogar nach Frankreich, da ist seine Frau auch weggegangen, hat einen Jüngeren kennengelernt mit zwei gesunden Beinen, nicht wie Fernando im Rollstuhl, der konnte ja nachher gar nicht mehr laufen. Und das hat der arme Kerl nicht überlebt: Kinder weg, Frau weg. Da hat er noch ein paar Monate hier alleine in seinem Häuschen gewohnt und sich versorgt, wurde immer stiller, und dann eines Morgens haben sie ihn rausgeholt, das Herz wollte nicht mehr. Große Beerdigung, alle waren da und haben geweint, Kinder, Frau - aber zu spät. Danach wurde dann das Häuschen verkauft. Von den Neves wohnt keiner mehr hier. Ab und zu kommt eines der Kinder nochmal hier vorbei. Ja, tut mir leid, so sieht es aus mit Fernando. War immer ein feiner Kerl gewesen. Kannten Sie ihn aus Deutschland?"

Die drei erzählen ihm von Jascheks Besuch vor 29 Jahren, der Wirt bekommt ganz leuchtende Augen: „Ja damals war alles noch ganz anders. Portugal war ein armes Land. Es war noch gar nicht so lange her, dass Portugal noch eine faschistische Diktatur war, wie Spanien auch. Unser Diktator war nicht so bekannt wie Franco, aber keinen Deut besser, das können Sie mir glauben! Wir hier auf dem Land waren bettelarm und hatten nichts zu sagen. Wer den Mund aufmachte, wurde verhaftet von Salazars Polizeispitzeln. Hier in Odeceixe haben alle zusammengehalten, da gab es keine Verräter. Nach dem Ende der Diktatur wurde hier jahrelang kommunistisch gewählt, Odeceixe war immer ein rotes Nest! Das hat sich erst in den letzten Jahren geändert, mit dem Wohlstand haben die Leute auch ihre Überzeugungen geändert. Heute ist alles egal, man kann alles wählen, alles kaufen - aber glücklicher sind die Menschen nicht geworden, das können Sie mir glauben, nur hektischer, vor allem die jungen Leute. Jetzt will man sogar ein Salazar-Museum einrichten, können Sie sich das vorstellen, für dieses Schwein, das Portugal dreißig Jahre unterdrückt und bettelarm gehalten hat, ein Museum! Nicht mit uns, für so eine Idee würden Sie hier in Odeceixe verprügelt werden!"

Der Wirt hat sich in Rage geredet, wischt sich mit einem Taschentuch den Schweiß aus der Stirn und schenkt seinen Gästen noch einen Schnaps ein, randvoll: „Wissen Sie, dass wir hier in Odeceixe sogar einen deutschen Bäcker haben?" Nein, das wissen die drei natürlich nicht und lassen sich erklären, wo sie ihn finden können. „Aber nicht vor 4 Uhr, der macht Siesta wie die Portugiesen auch. Er hat alle Angestellten übernommen und backt die traditionellen portugiesischen Brote und Kuchen, aber auch Sesambrötchen!" Bei der Erwähnung von Sesambrötchen leuchten seine Augen. „Die lass ich mir hier immer liefern, kommt gut an bei der Kundschaft, nicht nur bei den deutschen Feriengästen."

Pagnol hakt noch einmal nach: „Senhor, kennen Sie vielleicht auch eine Maria Gonzáles, oder sagt Ihnen der Name Ezcurra etwas?" Die Miene des Gastwirts verdüstert sich schlagartig. Man sieht ihm an, dass er mit einem dieser Namen unangenehme Erinnerungen verbindet. Er überlegt angestrengt, was er sagen soll. Dann entschließt er sich doch, zu reden:

„Wir hatten hier vor vielen Jahren mal einen sehr hässlichen Vorfall mit einer Autobombe. Bei diesem Vorfall wurde damals ein Spanier getötet mit dem Namen Gonzáles, der hier in der Nähe auf dem Land sehr zurückgezogen gelebt hat. Keiner kannte ihn so richtig, er kam nur manchmal zum Einkaufen hierher, sprach aber kaum. Ein Einsiedler. Er wurde abends auf der Landstraße in seinem Wagen gefunden, unter dem eine Bombe befestigt worden war, die ihn auf der Fahrt in Stücke riss. Die Polizei fand keine verwertbaren Spuren und sprach dann von einem ETA-Attentat. Damit wollten sie meiner Meinung nach aber nur von ihrer Unfähigkeit ablenken, den Fall aufzuklären. Der Fall ging groß durch die Presse, verbunden mit der Frage: Schwappt der baskische Terrorismus jetzt auch nach Portugal? Eine Weile gab es eine richtige Hysterie und Angst vor Spaniern, weil die ja den Terrorismus mitbringen könnten. Sie wissen ja, wie die Presse auf solche Dinge reagiert, die Zeitungen schürten eine regelrechte Angst vor Spaniern.

Ich glaube, das war der einzige Mord, den wir jemals erlebt haben in Friedenszeiten. Hier in Südportugal prügelt man sich schon einmal, aber man bringt sich nicht um. Eigentlich ist das eine sehr friedliche Gegend. Deswegen waren die Leute auch so geschockt, die wollen mit Mord nichts zu tun haben. Aber dass es noch eine Frau Gonzáles gibt, wusste ich nicht. Vielleicht eine Schwester?"

Pagnol antwortet: „Vermutlich die geschiedene Ehefrau. Vorausgesetzt Gonzáles hieß eigentlich Ezcurra."

„Sie wissen ja, dass man hier mehrere Namen hat, die man nach Belieben tauschen kann: den Namen der Mutter, des Vaters, der Großmutter, des Großvaters, des Ehemanns, und vielleicht noch einen Spitznamen oder angenommenen Namen dabei. Wenn man will, kann man die alle hintereinander nennen. In Spanien ist es nicht ganz so extrem, aber im Prinzip ähnlich. Nachnamen sind bei der Identifikation nicht besonders hilfreich."

„Wann war denn dieser Vorfall mit der Autobombe?"

„Oh, das ist lange her, lassen Sie mich überlegen - sehr lange. Meine Tochter war damals noch ein kleines Mädchen, also muss es mindestens 25 Jahre her sein. Sie sehen ja selbst, wie groß sie inzwischen ist!"

„Dann hat uns vorhin Ihre Tochter bedient? Sie sagt, sie wäre nur in den Ferien hier!"

„Das stimmt ja auch, sie jobbt hier in den Semesterferien und studiert in Coimbra!" antwortete der Wirt und der Stolz auf seine Tochter zaubert wieder ein zufriedenes Lächeln auf sein Gesicht. „Ich wusste damals gar nicht, wie ich der Kleinen das mit der Autobombe erklären sollte. Sie hatte es von anderen Kindern auf der Straße gehört und wollte von uns wissen, was vorgefallen war. Danach hatte sie Angst, im Auto mitzufahren. Ich hatte mir zu dieser Zeit einen kleinen Lieferwagen geholt, mit dem wir manchmal einen Ausflug machten. Ich musste immer vor der Fahrt unter dem Auto nachsehen, ob da eine Bombe befestigt war. Was meinen Sie, was ich für eine Wut auf diesen Spanier hatte!"

„Auf Gonzáles?"

„Nein um Gottes Willen, auf den, der die Bombe unter Gonzáles' Auto befestigt hat, natürlich!"

„Aber woher wussten Sie, dass es ein Spanier war?"

„Na das war doch völlig klar: entweder einer von der ETA, oder jemand anderes, der noch eine Rechnung mit diesem Gonzáles offen hatte. Eine Frau macht so etwas nicht - und ein Portugiese schon gar nicht!" Ein Lächeln zieht bei dieser logischen Beweisführung über Pagnols Gesicht, als er weiterfragt: „Gibt es hier in Odeceixe oder der Umgebung eigentlich noch andere Spanier?"

„In Odeceixe nicht, soweit ich weiß. Aber etwa drei Kilometer von hier in der Serra, da wohnt ein älteres Ehepaar aus dem spanischen Extremadura, ganz einsam, aber wunderschön. Sie trinken hier bei mir manchmal einen Kaffee, wenn sie zum Einkaufen herüberfahren. Freundliche Leute, aber sie reden nicht viel, man muss sie schon fragen, wenn man etwas wissen will. Ich kann Ihnen beschreiben, wie Sie hinkommen, wenn Sie Interesse haben. Die Straße steht auf Ihrer Karte vermutlich nicht drauf, eher ein Sandweg, wenn es regnet, kaum zu befahren."

Die drei Männer lassen sich den Weg beschreiben, Pagnol ist aber noch nicht ganz fertig mit der Befragung: „Ist das Ehepaar manchmal in Begleitung hier gewesen?"

„Nein, Senhor, die sind immer nur zu zweit."

„Eine letzte Frage noch: Gibt es hier in Odeceixe eine Polizeistation?"

„Die gab es mal, aber das ist schon länger her. Aus Kostengründen wurden die Polizeistationen in den kleinen Orten, in denen nicht viel passiert, eingespart. Die nächste Polizeiwache ist in Lagos, an der Algarve, 45 Kilometer entfernt. Aber die lassen sich hier nie blicken - das ist auch gut so. Wir brauchen keine Polizei hier."

„War die Polizei aus Lagos damals mit dem Mordfall befasst?"

„Das glaube ich nicht, ich schätze, es waren Polizisten aus Faro, das ist unsere Provinzhauptstadt. Auch wenn wir ganz knapp an der Grenze wohnen, aber auf der anderen Flussseite, im Alentejo, gibt es auch keine Städte in der Nähe. Die Gegend hier ist eher dünn besiedelt."

„Vielen Dank für Ihre detaillierten Auskünfte, Sie waren uns eine große Hilfe!"

Serra de Monchique

Nach einer halbstündigen Fahrt im Schritttempo auf einem kleinen Sandpfad, der in die bewaldeten Berge der Serra de Monchique führt, kommen die Männer zu einem kleinen Anwesen wie aus dem Märchenbuch: Ein farbenprächtiges Ensemble von Blumen, Büschen und schattigen Bäumen umgibt ein winziges Häuschen auf einer sanften Anhöhe mit wunderbarem Ausblick auf die bewaldeten Hügel des Naturschutzgebietes. Neben dem Häuschen gluckert ein kleiner Bach im Schatten eines Eukalyptusbaumes, der Weg endet hier. Die drei müssen erst einmal schauen, staunen und genießen, bevor sie zur Tür gehen, die sich schon öffnet, bevor sie anklopfen können. Ein kleiner, hagerer alter Mann von bestimmt 75 Jahren begrüßt die Besucher und führt sie herein. Er bittet sie, in der Küche Platz zu nehmen und setzt sich zu ihnen. Er ist freundlich, sagt aber wenig und wartet darauf, dass die drei sich erklären. Pagnol übernimmt wieder die Gesprächsführung, man merkt ihm an, dass er gerne wieder ins Spanische wechselt, weil er sich dort flüssig und gewandt ausdrücken kann.

Der alte Mann hört aufmerksam zu, auf die Frage nach Maria Gonzáles reagiert er gar nicht. Pagnol spürt, dass er nichts sagen wird, ehe er nicht mehr Informationen über die drei und ihre Absichten hat. Deshalb erzählt er die ganze Geschichte in Kurzform: Vom Mord in Laredo über den Zwischenfall in Biarritz vor 29 Jahren bis zur Suche nach Ezcurra und dem Wunsch, Licht in diese alte Geschichte zu bringen. Ab und zu stellt Señor La Vega, als solcher hat er sich vorgestellt, Fragen. Es scheint so, als wolle er sich absichern, dass alles, was Pagnol erzählt, auch seine Richtigkeit hat. Als Pagnol zu den Gesprächen mit dem Nachbarn von Maria Gonzáles in Albufeira, der Fischverkäuferin am Cabo Vicente und dem Wirt in Odeceixe kommt, verschwinden die letzten sorgenvollen Falten auf seiner Stirn und er beginnt zu erzählen:

„Wir kommen aus dem spanischen Grenzgebiet zu Portugal, der Extremadura, und sind vor fünfzig Jahren hierher gezogen. Meine Frau ist Portugiesin, unsere Eltern lebten nur wenige Kilometer voneinander entfernt, ich auf der spanischen, Isabella auf der portugiesischen Seite. Bei einem Kirchfest lernten wir uns kennen, heirateten und zogen dann hierher, in unser kleines Paradies in den Bergen. Meine Frau sprach nur sehr wenig, und wenn sie etwas sagte, dachten die Leute hier, sie sei Spanierin, weil sie den Dialekt nicht kannten. Da sie wussten, dass ich

Spanier bin, war völlig klar, dass meine Frau auch Spanierin sein musste. Wir ließen sie in dem Glauben und haben hier immer sehr für uns gelebt. Mein erster Sohn ist leider früh verstorben, das hat auch dazu beigetragen, dass wir uns hier etwas abgeschottet haben. Dann bekam meine Frau Zwillinge, Tomas und Maria. Die beiden hatten leider keine anderen Spielkameraden hier, sie hatten nur sich, machten fast alles gemeinsam. Als Tomas mit 19 in die weite Welt wollte, war völlig klar, dass Maria mitging. Sie studierten in Bilbao, dann wurde der Kontakt sehr spärlich: Von Maria haben wir außer einer Heiratsanzeige jahrelang nichts gehört. Wir haben sehr darunter gelitten, den Kontakt zu unseren Kindern verloren zu haben.

Dann irgendwann kam eine Nachricht von ihr, Tomas sei tot und sie selbst werde aus Spanien wegziehen. Wir schrieben ihr zurück, sie könne jederzeit wieder hierher zurückkommen, als Übergangslösung, aber sie reagierte erst einmal nicht. Dann, vier Jahre später, passierte diese schreckliche Geschichte mit der Autobombe. Der Mann hieß angeblich Gonzáles. Wir kannten ihn nicht, er wohnte wohl auch nicht hier, wir wussten aber, dass Maria sich nach der Scheidung Gonzáles nannte. Das hieß natürlich erst einmal gar nichts, den Namen Gonzáles gibt es schließlich ziemlich häufig, meine Großmutter hieß auch so, vermutlich hat sich meine Tochter deshalb Gonzáles genannt. Ihren Mann haben wir ja nie kennengelernt, wir wussten nur, dass er Ezcurra hieß und Baske war. Das hat uns natürlich schon nachdenklich gemacht, tagelang war in den Zeitungen zu lesen, die baskischen Terroristen hätten jetzt auch Portugal erreicht. Uns hat aber nie jemand befragt oder behelligt.

Ein paar Wochen später stand plötzlich Maria vor der Tür. Sie war völlig aufgelöst und wirkte sehr verstört und unglücklich. Wir haben sie hier eine Woche wieder aufgepeppelt und verwöhnt, und ganz langsam hat sie begonnen zu erzählen, was sie in den vorausgegangenen Jahren erlebt hatte. Sie hat erst spät begriffen, dass ihr Zwillingsbruder Tomas ein Leben für sich leben wollte und sich in Bilbao langsam von ihr abnabelte. Ihr Studium hat sie abgebrochen und sich eine Arbeit gesucht, während Tomas aufblühte, sich im Studium politisch engagierte, seinen Namen änderte in Forcadas, die Welt verändern wollte und jede Woche eine andere Idee hatte, wie das zu bewerkstelligen wäre. Maria interessierte ihn nur noch als Zuhörerin für seine politischen Vorträge, und als sie ihm dann sagte, er wäre doch gar kein Baske und würde auch nie einer werden, war der Bruch zwischen den beiden perfekt.

Trotzdem hielt sie sich immer in seiner Nähe auf, später heiratete sie den erstbesten Mann, der ihr in den Weg kam. Der war zwar charmant, hatte eine Vorliebe für schicke Autos, gutes Essen und Reisen, war aber leider auch homo-sexuell und brauchte diese Heirat nur, um den bürgerlichen Anstrich zu wahren. Maria war furchtbar enttäuscht und fühlte sich von allen verraten und verlassen. Sie reichte die Scheidung ein und zog ans Meer in irgendein kleines Kaff in Kantabrien. Als dann Tomas ermordet wurde, brach ihre Welt vollends zusammen. Sie war monatelang depressiv, nicht ansprechbar, und informierte uns auch nicht über den Tod unseres Sohnes. Tomas selbst hatte nicht nur seinen Namen geändert, sondern auch den Kontakt zu uns völlig abgebrochen, schon während des Studiums, wegen politischer

Meinungsverschiedenheiten. Von seinem Leben erfuhren wir nichts, von seinem Tod auch nicht. Das war schon sehr bitter für uns. Meine Frau ist daran fast zerbrochen. Sie spricht gar nicht mehr.

Von nun an kam Maria immer mal wieder vorbei. Sie erzählte nie, was sie in der Zwischenzeit machte, auch nicht, wovon sie eigentlich lebte, aber ich lernte, mich mit dem zufriedenzugeben, was ich von ihr erfuhr und war froh, dass sie überhaupt noch den Kontakt zu uns suchte. Einmal erzählte sie dann, sie wohne jetzt an der Algarve, wollte aber nicht, dass wir sie dort besuchen. Inzwischen ist es auch schwierig, mit meiner Frau wegzufahren, meistens fahre ich nur schnell zum Einkaufen nach Odeceixe, es ist sehr selten, dass ich sie noch zum Mitfahren überreden kann. Ja, Maria war heute hier, ist aber schon wieder zurückgefahren. Sie müssen mir versprechen, dass Sie ihr nicht verraten, was ich Ihnen alles erzählt habe."

La Vega wird bleich, als merke er jetzt, was er alles ausgeplaudert hat: „Sie können sich nicht vorstellen, wie froh ich bin, mal mit vertrauenswürdigen Menschen über diese ganze Geschichte reden zu können. Natürlich hätte ich das nicht tun dürfen, Maria hätte es selbst tun müssen. Aber manchmal meine ich, es wäre gut, wenn alles erzählt würde. Leider weiß ich nicht alles. Ich will Maria aber nicht drängen. Ich bin froh, dass sie wieder zu uns gefunden hat und will sie nicht noch einmal verlieren."

Pagnol dankt ihm für sein Vertrauen und verspricht, die Informationen sehr dezent zu behandeln. Er stellt noch ein paar Fragen, merkt aber, dass La Vega nicht mehr weiß oder nicht mehr sagen will aus Sorge um seine Tochter. So beenden sie ihren Besuch im traurigen Paradies und fahren in der Abenddämmerung zurück nach Albufeira. Dort mieten sie sich für eine Nacht in einem kleinen, gemütlichen Restaurant ein, das auch Zimmer vermietet und werden dort am späten Abend fürstlich bewirtet. Sie tragen zusammen, was sie erfahren haben und welche Puzzlesteine ihnen noch fehlen auf dem Weg zur Aufklärung der Vorfälle. Sie stellen fest, dass zu manchen Erkenntnissen neue offene Fragen getreten sind, zum Beispiel: Wer hat Gonzáles mit einer Autobombe ermordet? Warum? War Gonzáles Ezcurra?

Was sie wissen, oder zu wissen glauben, ist Folgendes: Tomas Forcadas hieß eigentlich Tomas La Vega, wurde in Portugal geboren und ging zum Studieren ins Baskenland, wo er sich politisch engagierte, vermutlich in ETA-nahen Kreisen. Er war nicht verheiratet, Geschäftsmann und wurde bei Laredo im Auto erdrosselt. Die einzigen Tatverdächtigen waren Jaschek und zwei baskische Freunde von Forcadas, die ebenfalls in Laredo wohnten und mit ihm zusammen Bordellbesuche machten. Seine Schwester Maria Gonzáles war mit ihm nach Spanien gegangen und hing sehr an ihm. Nach Auseinandersetzungen wegen seiner politischen Neigungen brach er den Kontakt zu Maria ab. Sie heiratete den Basken Ezcurra, der homosexuell war, ließ sich später aber von ihm scheiden und nahm den Namen Gonzáles an. Sie war ihrem Bruder sehr verbunden und hielt sich in seiner Nähe auf. Nach seinem Tod stürzte sie in eine Krise und fuhr mehrmals nach Portugal, auch 1985, als Gonzáles - vielleicht Ezcurra - dort ermordet wurde. 1988 zog sie nach Albufeira, lebt dort sehr zurückgezogen, besucht aber manchmal ihre Eltern in Odeceixe.

Je später der Abend wird und je mehr Vinho Verde und Rosé getrunken werden, desto wilder werden die Spekulationen und desto mehr verirren sich die drei Männer im Gestrüpp der einzelnen Handlungsstränge. In der Nacht schläft Jaschek sofort tief und fest ein, wird aber in der Morgendämmerung plötzlich wach und hat das Gefühl, es würde jemand im Türrahmen des Zimmers stehen und ihn beobachten. Als er im fahlen Halbdunkel von seinem Bett hinüberschaut zur Tür, merkt er einen leichten Luftzug und sieht, wie die Klinke der Tür sich bewegt. Jaschek bleibt fast das Herz stehen vor Schreck. Er erstarrt, unfähig, irgendetwas zu sagen oder zu tun. Sein Blick ist auf die Tür geheftet. Wie in Zeitlupe nimmt er wahr, wie sie sich ganz langsam öffnet und ein Mann eintritt, den er wiedererkennt: Ezcurra! Er sieht genauso aus wie damals in Biarritz: braungebrannt, Goldkettchen, kräftige Schultern - und er lächelt Jaschek durchdringend an. Sagt nichts, macht nichts, steht bloß da und grinst. Jaschek kann seinen Blick nicht abwehren, er hat das Gefühl, Ezcurra sieht in ihn hinein, weiß alles über ihn und macht sich über ihn lustig. Jaschek stehen die Haare zu Berge, er will seinen Blick abwenden, aber es geht nicht.

Plötzlich verändert sich Ezcurras Aussehen. Der durchdringende Blick bleibt, aber Ezcurras Gesicht und Gestalt verändert sich fließend, die Figur wird rundlicher, älter, kleiner, das Gesicht wird breiter und runder, hat plötzlich einen buschigen, dunklen Schnurrbart: Pagnol steht dort im Türrahmen! Das erschreckt Jaschek so, dass er diesmal richtig aus dem Bett hochschreckt und schweißgebadet zur Tür hinüberstarrt: Dort steht niemand. Die Tür ist geschlossen! Sie hat auch keine Klinke, sondern einen runden Porzellanknauf mit Verzierungen. Jaschek stürzt aus seinem Bett, fällt beinahe über seine Schuhe und geht zur Tür: Sie ist von innen abgeschlossen, wie es sich gehört! Er schließt auf und schaut in den Gang: Alles ist ruhig und friedlich, nichts ist zu hören oder zu sehen. Mit einem tiefen Seufzer schließt er die Tür wieder und trottet kopfschüttelnd zum Bett zurück. Schorsch hat den Krach mitbekommen und fragt schlaftrunken mit halbgeöffneten Augen: „Was'n los?"

„Ach, nichts. Schlaf ruhig weiter! Hab nur komisch geträumt!"

Schorsch brummt irgendetwas, das eine Art Antwort sein soll, und ist schon wieder eingeschlafen. Jaschek legt sich auch wieder hin, an Schlaf ist aber nicht mehr zu denken. Die Gedanken kreisen in seinem Kopf: Ezcurra erscheint ihm als die zentrale Figur in der ganzen verwickelten Geschichte. Über Ezcurra weiß er noch so gut wie gar nichts: Ist er damals in Biarritz umgekommen? Nein, dafür gibt es keine Anhaltspunkte. Hat er etwas mit dem Mord an Forcadas zu tun? Dafür gibt es bisher noch keinen stichhaltigen Beleg, aber es ist die einzige Spur, die sie haben. Handelte er im Auftrag der ETA? Oder gab es private Motive - etwa Maria, seine Ex-Frau und Forcadas Schwester? Auf jeden Fall musste Ezcurra untertauchen, brauchte einen neuen Namen und eine neue Existenz. Hatte der Kommissar in Montpellier ihnen nicht gesagt, er wolle prüfen lassen, ob Ezcurras Geld noch weiterhin auf seinem Konto war? Aber sie hatten es nicht erfahren!

Angenommen, Ezcurra hatte sich als Gonzáles in Portugal versteckt, warum in der Nähe von Marias Eltern? Er kannte sie nicht, vielleicht wusste er gar nicht, wo sie wohnen? Zufall? Steckte Maria bei dieser Sache mit drin? Hatte sie ihren Ex-Ehemann ermordet, aus Rache für den Mord an ihrem Bruder? Hatte sie ihn vielleicht sogar dorthin gelockt? Oder hatte sie ihn überall gesucht und schließlich in der Nähe ihrer Eltern gefunden? Am Ende war dieser Gonzáles überhaupt nicht Ezcurra, und der richtige Ezcurra führte irgendwo ein neues Leben? Vielleicht mit Wissen von Maria, oder ohne dass irgendjemand von seiner Vergangenheit wusste?

Jaschek war hellwach und ganz klar im Kopf, er ging jeder Vermutung nach, prüfte sie und legte sie an einem speziellen Speicherplatz ab. Maria war ihre Schlüsselfigur, sie konnte ihnen viele offene Fragen beantworten. Wenn sie wollte.

Señora Gonzáles

Beim Frühstück erzählt Jaschek über den Besuch im Morgengrauen und die Überlegungen, die er anschließend angestellt hat. Pagnol lächelt wieder still in sich hinein. Ab und zu nickt er zustimmend oder kommentiert: „Das ist genau richtig, Jaschek! Ezcurra ist der Dreh- und Angelpunkt der ganzen Geschichte und Maria hat die Schlüssel dazu. Schorsch, wärst du einverstanden, dich hier in Albufeira etwas am Strand zu amüsieren, während Jaschek und ich Maria besuchen? Ich denke, wir sollten nicht zu dritt dort auftauchen."

Schorsch ist einverstanden, er scheint gar nicht so traurig darüber zu sein. Das Wetter ist wunderschön und Strand, Wasser und Wellen locken. Pagnol und Jaschek laufen zu Fuß den ihnen schon bekannten Weg zu Marias Haus. Pagnol hat in einem Geschäft noch einen hübschen kleinen Blumenstrauß erstanden: „Für Senhora Gonzáles! Schließlich besuchen wir eine Dame!" Diesen Blumenstrauß trägt er wie eine Trophäe vor sich her, während er pfeifend und gut gelaunt ausschreitet. „Heute erfahren wir mehr, Jaschek! Heute wird die Geschichte rund!"

Vor dem Haus von Maria Gonzáles packt er die Blumen aus, dann klopfen sie an die Türe. Einmal. Zweimal. Pagnol ruft: „Senhora Gonzáles?" Schließlich laufen sie um das Haus herum, immer noch rufend. Es rührt sich nichts. Entweder ist Maria nicht da, oder sie macht nicht auf. Pagnol und Jaschek laufen zum Nachbarhaus, wo ihnen der nette alte Herr sofort die Türe öffnet, der anscheinend schon vorher ihre vergeblichen Bemühungen beobachtet hat: „Oh, Blumen, sehr schön, das wäre aber nicht nötig gewesen, meine Herren!" sagt er und lächelt dabei verschmitzt. „Schön, dass ich Sie noch einmal sehe, das hatte ich mir gewünscht! Kommen Sie doch herein, bitte, Sie kennen sich ja schon aus hier bei mir! Setzen Sie sich doch bitte! Wo haben Sie denn den dritten Mann gelassen?" Damit führt er sie in die kleine, gemütliche Küche. Pagnol klärt ihn kurz über den Stand der Dinge auf und fragt ihn, ob Senhora Gonzáles zu Hause wäre. „Ja sicher, sie ist gestern Nachmittag nach Hause gekommen. Sie macht normalerweise niemandem die Tür auf, schon gar nicht fremden Männern. Sie ist sehr scheu. Ich werde sie anrufen."

Mit diesen Worten geht er in den Flur, wo ein altes Bakelit-Telefon steht und dreht an der Wählscheibe. Er redet längere Zeit und man merkt, dass er all seine Überzeugungskraft und Liebenswürdigkeit in die Waagschale werfen muss, ehe Maria Gonzáles schließlich nachgibt. Als er in die Küche zurückkehrt, lächelt er vergnügt: „Ich habe ihr erzählt, was für nette Herren Sie sind, und dass ich mich persönlich für Sie verbürgen würde. Dann nehmen Sie mal Ihre Blumen und versuchen Ihr Glück! Wenn Sie mögen, kommen Sie hinterher noch einmal bei mir herein, ich koche dann einen Kaffee!" Damit entlässt er die beiden und winkt ihnen nach.

Diesmal wird die Tür beim ersten Klopfen geöffnet, allerdings nur einen Spalt. Eine schmale, elegante Dame mit sehr dunklen Augen steht im Türspalt. Sie wirkt jünger, als Jaschek geglaubt hat, durchaus nicht gebrechlich, sondern fast sportlich. Sie entschuldigt sich dafür, dass sie keine Gäste empfangen könne, hört sich kurz ihr Anliegen an und gibt ihnen dann einen kleinen Notizzettel mit einer Adresse in Albufeira, wo man sich am Abend um sieben Uhr treffen und ungestört unterhalten könne. Ehe sie sich versehen, stehen Jaschek und Pagnol schon wieder vor der verschlossenen Tür und sehen sich ratlos an. Pagnol hat noch immer den Blumenstrauß in der Hand, die Blumen drohen in der Hitze schon langsam zu kollabieren.

Der Nachbar begrüßt sie und freut sich über die Blumen. Während er Kaffee kocht, besprechen sich Pagnol und Jaschek. Als sie dann zu dritt um den Küchentisch sitzen, fragen sie ihn, ob er die Adresse auf dem Zettel kennt. „Ja, das ist ein gutes Restaurant mit vielen gemütlichen Ecken, wo man in Ruhe reden kann und hervorragenden Tintenfisch bekommt. Sie werden es nicht bereuen!"

„Meinen Sie, dass die Senhora wirklich dahin kommt? Oder will sie uns nur loswerden?"

„Nein, das glaube ich nicht. Das kann ich mir nicht vorstellen, nein. Sie ist eigentlich sehr zuverlässig. Ich weiß nicht genau, warum sie niemand in ihr Haus lässt, es wird sicher einen Grund haben. Vielleicht hätte ich sie lieber bitten sollen, hier herüber zu kommen, aber ich wollte nicht stören bei Ihrem Gespräch. Wenn das nicht klappen sollte heute Abend, dann haben Sie zumindest gut gegessen und kommen morgen früh wieder hierher, dann versuchen wir es noch einmal!"

Den Tag verbringen Pagnol und Jaschek zusammen mit Schorsch am Strand, sie baden im Meer und genießen das faule Herumliegen am Strand. Gegen Abend machen sie sich stadtfein und erscheinen kurz vor sechs in einem von außen unscheinbaren Restaurant, das sich von innen als sehr verwinkelt und weitläufig herausstellt. Sie sagen dem Kellner Bescheid, dass sie auf Senhora Gonzáles warten und setzen sich zunächst einmal an die Bar. Das Restaurant ist noch fast leer, sie bestellen einen Aperitiv und schauen immer wieder zur Tür. Schorsch meint: „Vielleicht ist es ungünstig, dass wir zu dritt auftreten, sollte ich mich nicht besser woanders hinsetzen?"

„Nein, lass mal, das wäre albern. Wir können sie ja fragen, ob ihr drei Männer zu viel sind, wenn sie kommt. Wenn sie kommt ..."

Jaschek schaut auf seine Armbanduhr. Es ist mittlerweile viertel nach sieben. Pagnol grinst: „Kinder, was seid ihr so nervös? Entspannt euch, bestellt euch noch einen Drink! Eine Lady hat das Recht, später zu kommen! Und ich habe das sichere Gefühl, sie wird kommen!"

„Seht mal zur Tür!" Er erhebt sich und geht zur Tür, wo gerade Senhora Gonzáles hereinkommt. Aber sie ist nicht allein! Hinter ihr betritt eine sehr blasse, zierliche weiß-haarige Dame das Lokal. Pagnol begrüßt die beiden mit französischer Grandezza, stellt seine beiden Freunde vor und lässt dann Senhora Gonzáles einen Tisch wählen, der ihr geeignet erscheint, im hinteren Teil des Restaurants, sehr intim und ungestört. Sie ist damit einverstanden, dass auch Schorsch sich dazu setzen darf und stellt ihre Begleiterin als Freundin vor. Nachdem sie ihre Bestellung aufgegeben haben, eröffnet sie auch sofort das Gespräch: „Meine Herren, es kommt nicht oft vor, dass ich Besuch bekomme. Ich würde vorschlagen, Sie erzählen mir zunächst einmal, wieso Sie mich hier in Albufeira besuchen!"

Pagnol übernimmt wie immer die Gesprächsführung, er versucht erst einmal, Maria Gonzáles einen kurzen Überblick zu geben, merkt aber schnell an ihren vielen Nachfragen, dass er mit einer Kurzversion der Geschichte nicht durchkommt. Also liefert er einen detaillierten Ablauf der Ereignisse seit Jascheks Festnahme durch die Polizei in Montpellier, der von beiden Damen mit großem Interesse, zum Teil ungläubigem Staunen, Amusement und vielen Zwischenfragen begleitet wird. Vor-, Haupt- und Nachspeisen werden inzwischen gereicht und man ist schon bei der dritten Flasche Wein, als Pagnol gegen neun Uhr am vorläufigen Ende der Ermittlungen angekommen ist. Er hat zwischendurch Schorsch und Jaschek geschickt in seinen Vortrag eingebunden, hier mal eine Bestätigung geholt und dort eine rhetorische Nachfrage eingefügt, sich gleichzeitig als perfekter Gastgeber erwiesen, der immer wieder nachschenkt und sich darum sorgt, dass es allen gut geht.

Und tatsächlich ist zu spüren, dass das Eis inzwischen gebrochen ist. Die anfänglich große Zurückhaltung und Skepsis der beiden Damen löst sich nach und nach, eine zunächst freundlich-interessierte und später fast fröhliche und familiäre Atmosphäre breitet sich am Tisch aus und wird von Pagnol, der immer vergnügter aussieht, nach allen Regeln der Kunst gefördert. Jaschek ist am Anfang unruhig gewesen und hat gedacht: *Wir sind doch hier, um entscheidende Dinge von Maria Gonzáles zu hören, stattdessen erzählt Pagnol lang und breit und wir haben noch überhaupt nichts erfahren.* Aber er erkennt schnell, dass Pagnol genau das Richtige macht: Er schafft Vertrauen und Kommunikationsbereitschaft. Schließlich steht er auf, erhebt das Glas und dankt den beiden Damen, dass sie gekommen sind und ihnen einen so schönen Abend beschert haben. Die beiden Frauen bedanken sich auch und geben das Kompliment zurück.

Marias Geschichte

Dann ist es Maria Gonzáles, die spricht: „Meine Herren, Sie haben ja nicht die weite Reise an die Algarve angetreten, um mit uns fröhlich zu essen und zu trinken, sondern haben sicherlich die eine oder andere Frage an mich. Ich möchte mich erst einmal bedanken, dass Sie mich nicht mit Fragen überfallen haben. Wenn Sie etwas mehr von meiner Geschichte erfahren haben, werden Sie vielleicht verstehen, warum ich Fremden gegenüber misstrauisch und vorsichtig bin. Ich hätte Ihnen gar nichts erzählt, ehe ich nicht ganz genau gewusst hätte, wer Sie sind und was Sie wollen. Vielleicht kann ich nun meinerseits dazu beitragen, dass einiges ins richtige Licht gerückt wird und vielleicht sogar alte Wunden heilen können. Meine Eltern haben Sie ja schon kennen gelernt, aber vermutlich bei ihnen nicht allzu viel erfahren, da sie nur wenig von mir wissen. Ich werde versuchen, Ihnen so gut weiterzuhelfen, wie ich kann." Hier macht sie eine kurze Pause und räuspert sich: „Ohne mir selbst oder anderen Personen, die mir nahe stehen, zu schaden.

Ich bin Anfang der Siebziger Jahre zusammen mit meinem Zwillingsbruder Tomas nach Bilbao gegangen, um dort zu studieren. Wir beide sahen uns nicht nur ähnlich, wir waren eine Einheit: Wir wussten, was der andere denkt, noch ehe er etwas gesagt hatte. Wir sind ja sehr abgeschieden aufgewachsen, hatten nur uns beide zum Spielen und Reden. Es war immer völlig klar, dass wir beide zusammen bleiben. Als sich dann mein Bruder von mir während des Studiums distanzierte, eigene Freunde hatte, die ich nicht kannte, sein eigenes Leben leben wollte, war das ein riesiger Schock für mich. Er begann, sich politisch zu interessieren und zu betätigen, sich als Baske zu fühlen, ja er änderte seinen Namen. Ich war fassungslos, verstand ihn nicht. Ich versuchte, ihm das auszureden, aber je mehr ich mit ihm stritt, desto tiefer wurde die Kluft zwischen uns. Er ging mir aus dem Weg, versuchte mich loszuwerden wie ein lästiges Insekt. Und ich schwankte zwischen Wut, Verzweiflung, Depression und Destruktion: Ich machte ihn lächerlich, verspottete seine Bemühungen, baskischer als die Basken zu werden. Das führte dazu, dass er mit mir nichts mehr zu tun haben wollte. Er zog um, ich war allein auf mich gestellt.

Das war eine harte Zeit für mich. Ich musste mühsam lernen, selbständig zu werden: selbständig zu denken, zu leben unabhängig von meiner zweiten Hälfte. Das war bitter. Ohne es richtig zu merken, füllte ich die entstandene Lücke auf, indem ich ihn weiter imitierte: Ich begann, mich für die ETA zu interessieren, wurde viel politischer und radikaler, als es mein Bruder je war, als wolle ich ihn übertrumpfen, ihm zeigen: Ich kann das alles besser als du, du wirst schon sehen! In den Gruppensitzungen und Aktionsbesprechungen wurde ich die Unbeugsame und Unerbittliche. Ich wollte aufräumen mit allen Schwächlingen und Großmäulern, ich wollte Taten sehen. Ich beteiligte mich an der Planung von Sprengungen und Aktionen, sprühte ETA-Zeichen, hängte Plakate. An Ausstieg war in diesem Stadium nicht mehr zu denken. Die Gruppenmitglieder kontrollierten und überwachten sich gegenseitig, wer aussteigen wollte, war ein Schwächling und Verräter, und Verräter mussten bestraft werden.

Uns wurde damals empfohlen, uns perfekt zu tarnen, uns eine unverdächtige, bürgerliche Existenz zuzulegen. Ich arbeitete tagsüber in einem Büro, heiratete sehr übereilt einen Mann, der nett und umgänglich war, sich aber als hauptsächlich homosexuell orientiert herausstellte, was natürlich ein ziemlicher Schock für mich war, wie Sie sich sicher denken können. Unsere Beziehung kühlte sehr schnell ab, ich wohnte mit ihm in einem Seebad an der Küste in einer Appartementwohnung. Abends und am

Wochenende führte ich in der ETA-Zelle Besprechungen und Aktionen durch. Mein Mann wusste von nichts, er ging sowieso seiner Wege und interessierte sich nicht sonderlich für mich, auch meine Arbeitskollegen ahnten nichts. Den Kontakt zu meinen Eltern hatte ich schon lange abgebrochen, die existierten für mich gar nicht mehr. Der Ton in der ETA-Zelle wurde immer feindseliger, unsere Kommandos kamen inzwischen von oben, wir planten nicht mehr selbst, wir führten aus und passten auf, dass keiner von Bord ging, der uns verraten konnte. Es war, als würden wir getestet, wie weit wir zu gehen imstande waren. Und jeder in der Gruppe wollte den anderen zeigen, dass er nicht einknicken würde, keine Angst haben würde vor Blut an seinen Händen.

Wir lernten, Autobomben zu basteln. Die erste traf einen Genossen, einen Abtrünnigen, der uns gefährlich werden konnte. Er starb vor seiner Wohnung, es zerriss ihn in tausend Stücke, als er sein Auto startete. Das war ein Schock. Ich hatte mich daran beteiligt, einen Menschen zu töten. Einen Menschen, der vor kurzem noch mit mir zusammengearbeitet hatte, der gleiche Ideen wie ich vertreten hatte, der eine Frau und ein kleines Kind hatte. Das war auch der Grund, warum er aufhören wollte. Aber das durfte er nicht. Ich bekam Angst und Schuldgefühle, kam zur Besinnung und merkte, worauf ich mich da eigentlich eingelassen hatte. Ich konnte nächtelang nicht schlafen. Ich wollte raus, wusste aber nicht wie. In der ETA-Zelle bemerkte man natürlich, dass ich schwer angeschlagen war und man hatte ein sehr wachsames Auge auf mich. Man akzeptierte, dass ich mir eine kleine Auszeit bei größeren Aktionen nahm, aber es war völlig klar, dass ich auf der Abschussliste stand.

Dann kam von oben ein neuer Auftrag für uns, wir sollten einen unzuverlässigen Waffenhändler kaltstellen, der statt mit der ETA zusammenzuarbeiten, zunehmend Geschäfte auf eigene Faust abwickelte und sich dabei eine goldene Nase verdiente. Er fuhr öfter nach Laredo. Dort, auf neutralem Boden sozusagen, sollten wir ihn unschädlich machen. Es war völlig klar, wer mit diesem Auftrag betraut werden würde: ich! Ich sollte zeigen, ob ich noch zuverlässig war. Was sollte ich tun? Ich übernahm den Auftrag, wollte ihn aber alleine durchführen. Ich merkte, wie skeptisch die anderen waren. Besonders einer, Manuel, wollte die Sache unbedingt mit mir gemeinsam machen. Ich hatte schon länger das Gefühl, er hatte ein Auge auf mich geworfen. Ich lehnte ab. Wenn ich's vermasseln würde, war ich hin. Wenn ich erfolgreich war, hatte ich mir erst einmal Respekt und Luft verschafft, dann konnte ich immer noch sehen, ob und wie ich da heil herauskam.

Dann bekam ich von Manuel die Daten zugesteckt: Der Geschäftsmann war mein Bruder Tomas Forcadas! Ich wurde fast ohnmächtig, in mir stiegen die ganzen widersprüchlichen Gefühle auf, auch maßlose Wut und Verachtung für Tomas, der seine ganzen Ideale über Bord geworfen hatte und zu einem elenden Waffenschieber geworden war. Trotzdem: Ich würde doch nicht meinen eigenen Bruder umbringen! Wofür auch! Für eine Sache, an die ich selbst nicht mehr glaubte? Für ein System, in dem man nur überlebte, wenn man andere Menschen tötete? Lieber würde ich mich selbst umbringen, aber das rettete ihn auch nicht! Ich musste den Auftrag annehmen und Tomas warnen. Und dann? Dann mussten wir beide fliehen!

Ich hatte keine Adresse von Tomas, nur den Termin, an dem er sich mit seinen Freunden treffen würde, an einer Brücke, etwas außerhalb von Laredo. Ich wartete etwas abseits und sah, wie Tomas mit zwei Männern sprach. Schließlich kam noch ein vierter Mann dazu, eine Art Hippie."

Maria Gonzáles schaut zu Jaschek hinüber und lächelt entschuldigend. Sie berichtet, wie lange sie dort gewartet und zugesehen habe, wie die vier Männer Bier tranken und erzählten, wie sie dabei immer unruhiger und nervöser geworden ist.

„Dann schließlich setzten sich mein Bruder und seine zwei Geschäftspartner ins Auto, fuhren aber noch nicht los, sondern warteten auf den vierten Mann, der vorher noch irgendetwas zu erledigen hatte. Es schien so, als wüsste dieser Mann nicht so genau, ob er wirklich mitfahren sollte. Sie fuhren die Straße hoch, weg vom Fluss, die Straße war staubig, es war einfach, der Staubwolke hinterherzufahren, ohne gesehen zu werden. Als sie anhielten, ahnte ich, warum der Fremde gezögert hatte: Sie standen vor einem Bordell! Ich wartete, bis alle im Haus verschwunden waren und parkte dann etwas abseits, stieg aus und sah mir zu Fuß das Haus etwas näher an. Kein Zweifel, mein Bruder besuchte mit seinen Geschäftsfreunden ein Bordell! Unfassbar! Ich war so entsetzt und wütend, dass ich sofort wegfahren wollte. Was war aus meinem Bruder geworden? Aus dem Menschen, den ich geliebt und verehrt hatte, für den ich alles getan hätte! Ein Waffenschieber, ein skrupelloser Geschäftsmann, der mit seinen Kumpels ins Bordell ging! Und diesen Menschen sollte ich retten, für den sollte ich mein Leben riskieren?

Da plötzlich kam der Fremde aus der Tür, ich konnte mich gerade noch hinter einem Mauervorsprung verstecken. Aber er bemerkte mich nicht, er wirkte panisch, er rannte fast, die Straße hinunter zum Fluss, guckte sich kein Mal um. Als er außer Sichtweite war, setzte ich mich wieder in mein Auto und wartete. Mehrmals war ich drauf und dran, einfach loszufahren, hatte den Zündschlüssel schon in der Hand, brach aber jedes Mal wieder ab. Er war mein Bruder, trotz alledem. Ja, er war mein Bruder, obwohl er sich wie ein widerliches Arschloch aufführte. Entschuldigen Sie bitte!"

Maria hat sich in Rage geredet und einen ganz roten Kopf bekommen. Sie tupft sich den Schweiß von der Stirn und trinkt ein Paar Schlucke Wasser. Die anderen haben beinahe atemlos zugehört, besonders Jaschek steht die Geschichte wieder so lebendig vor Augen, als wäre sie gestern passiert. Er fragt: „Sie mussten noch ziemlich lange warten und sind ihm dann hinterhergefahren?"

„Ja, ich wartete stundenlang, mir wurde schlecht vor Wut und Angst und Hunger, ich war ein einziges Nervenbündel. Als die drei dann schließlich herauskamen, dauerte es auch noch. Sie waren betrunken, grölten, liefen hin und her, suchten den Wagenschlüssel. Furchtbar! Dann setzte sich Tomas ans Steuer und ich fuhr hinterher. Es ging fast nur bergab, die Straße wieder hinunter, über die Brücke."

„Hatten Sie den Gang herausgenommen?"

„Ja, das kann gut sein, ich fuhr ja auch ohne Licht. Ich wollte nicht gesehen werden. Auf der Straße war ja überhaupt kein Verkehr."

„Kann hinter Ihnen noch ein Auto gewesen sein?"

„Das glaube ich nicht. Ich war allerdings völlig fertig mit den Nerven, möglich ist es schon, aber wenn, dann ebenfalls ohne Licht, Lichtkegel hätte ich bemerkt."

„Wann haben die beiden anderen Tomas' Auto verlassen? Haben Sie das gesehen?"

„Ja, kurz hinter der Brücke kommt eine Gabelung, da setzte Tomas die beiden anderen ab, die laut grölend und schwankend Richtung Laredo torkelten. Dann fuhr er in der anderen Richtung weiter. Jetzt hatte ich allerdings ein Problem. Mein Wagen sprang nicht mehr an. Ich versuchte mehrmals erfolglos zu starten und drehte fast durch dabei. Jetzt, wo ich die Gelegenheit hatte, Tomas allein zu sprech-en, steckte ich fest und er fuhr mir davon! Ich brauchte bestimmt zehn Minuten, bis ich die blöde Kiste wieder zum Laufen bekam. Und diese zehn Minuten haben Tomas das Leben gekostet."

„Sie haben ihn gefunden?"

„Ja, ich habe ihn gefunden, zwei oder drei Kilometer weiter am Straßenrand. Das Auto stand offen, ich dachte erst, er hätte einen Unfall gehabt und wäre, betrunken wie er war, irgendwo gegen gefahren. Ich hielt direkt hinter dem Auto, stürzte heraus und sah ihn dann hinter dem Steuer, erdrosselt. Das war der schlimmste Augenblick, den ich je erlebt habe. Furchtbar!"

Maria Gonzáles putzt sich die Nase, entschuldigt sich und geht zur Toilette. Als sie wieder zurück an den Tisch kommt, hat sie rote Augen und sieht leichenblass aus. Pagnol erkundigt sich: „Sollen wir das Gespräch vielleicht morgen fortsetzen, Senhora?"

„Nein, nein, ich bin froh, wenn das Ganze einmal heraus ist und ich nicht alles mit ins Grab nehme. Sie ahnen nicht, wie belastend das ist, wenn man diese Bilder und Erinnerungen mit sich herumschleppt."

Pagnol bedankt sich für ihre Offenheit und Ausdauer und ordert Cafézinho für alle. Bei Maria kehrt durch den Kaffee wieder etwas Farbe ins Gesicht zurück und sie berichtet weiter: „Als ich meinen Bruder dort tot vorfand, geriet ich vollkommen in Panik. Ich ließ alles so, wie es war und raste nach Hause, schloss mich dort ein. Wie ich dorthin gekommen bin, weiß ich gar nicht mehr genau, ich glaube, ab dem Zeitpunkt, als ich Tomas dort fand, habe ich nur noch mechanisch reagiert und alle Erinnerungen gelöscht. Das nächste, was ich erinnere: Ich stehe bei mir zu Hause innen vor der Haustür und kontrolliere, ob sie auch abgeschlossen ist, dann lege ich mich ins Bett und wickele sämtliche verfügbaren Decken um mich herum, zittere aber trotzdem wie im tiefsten Pyrenäenwinter. Ich glaube, ich habe zwei oder drei Tage dort im Bett verbracht, zitternd und von Alpträumen geplagt. Ich sah immer wieder Tomas in seinem Auto und dann wurde alles schwarz."

„Haben Sie irgendwelche Spuren eines anderen Autos bemerkt?"

„Nein, aber das heißt nichts. Ich war völlig weggetreten."

„Hätte denn theoretisch einer der beiden Geschäftsfreunde dorthin gelangen können?"

„Zu Fuß auf keinen Fall, dazu war es zu weit weg von der Gabelung. Außerdem waren die beiden sturzbetrunken. Nein, das halte ich für ausgeschlossen."

„Hätte einer der beiden in zehn Minuten mit dem Auto dorthin fahren können?"

„Ich denke, das hätte ich sehen müssen. Nein, ich kann mir das Ganze nicht erklären."

„Und Sie sind sicher, dass bei Tomas im Auto tatsächlich nur zwei Mitfahrer saßen?"

„Ich habe nur die drei einsteigen sehen, und als die beiden ausgestiegen sind, war Tomas alleine im Auto."

„Es sei denn, jemand hätte sich im Kofferraum versteckt. War es ein Kombi?"

„Ja, mit Ladeklappe. Renault oder Peugeot oder so etwas. Theoretisch wäre das möglich. Sie haben ja ziemlich lange gebraucht, ehe sie vor dem Bordell wieder eingestiegen sind."

„Sie haben aber keine andere Person vor dem Bordell bemerkt?"

„Nein, bis auf den Fremden, aber der war ja schon Stunden vorher weggelaufen."

„Kamen in der Zeit, wo sie gewartet haben, Autos vorbei?"

„Ja, eins oder zwei, glaub ich. Ich glaube, das eine kam von oben, fuhr aber am Bordell vorbei."

„Kann es sein, dass es wieder umgekehrt ist?"

„Das kann ich Ihnen wirklich nicht mehr sagen, tut mir leid. Möglich wäre es, ja, es ist mir aber leider nicht aufgefallen. Ich guckte ja mehr auf die Eingangstür."

„Können Sie sich denn daran erinnern, ob dieses Auto vorbeifuhr, nachdem der Fremde weggelaufen war?"

„Das kann ich Ihnen nicht sagen, leider. Aber dann hätten Sie es ja sehen müssen!"

Maria schaut zu Jaschek hinüber. „Haben Sie denn ein Auto gesehen, als Sie zurückliefen?"

Jaschek verneint und Pagnol stellt die Schlussfolgerung auf, dass entweder dieses Auto schon vorher vorbeigefahren war und vielleicht gar nichts mit der Sache zu tun hätte. Er lächelt verschmitzt in die Runde: „Oder der Killer fuhr einmal am Bordell vorbei, checkte die Lage, sah, dass ein Auto in der Nähe parkte, wartete vielleicht selbst ein paar Minuten, um nicht zu sehr aufzufallen, fuhr dann wieder am Bordell vorbei und parkte oberhalb, schlich sich dann in einem passenden Augenblick zurück zum Parkplatz und versteckte sich im Kofferraum des Kombi von Tomas, der ja eventuell offen stand. Oder er wartete, bis die drei herauskamen und kletterte dann in einem unbemerkten Augenblick in den Wagen, was die drei Angetrunkenen nicht bemerkten und Senhora Gonzáles auch nicht. Klingt ziemlich unwahrscheinlich, aber wir glauben ja nicht an Zufälle, oder?"

Jaschek, Schorsch und die beiden Damen sehen nicht so aus, als seien sie von dieser Version überzeugt. Pagnol fährt fort: „Um das Unwahrscheinliche zu Ende zu denken, wäre es wichtig zu wissen, wer denn als Killer in Frage käme. Haben Sie dazu eine Idee, Senhora?"

„Natürlich habe ich mir immer wieder diese Frage gestellt, hin- und her überlegt und mir den Kopf zermartert. Es gab eigentlich nur eine einzige Lösung: Manuel, der ETA-Genosse, der mir bei dem Auftrag unbedingt helfen wollte. Er wusste, wen ich liquidieren sollte und kannte die Daten. Er hatte die Sache in die Hände genommen, weil er ahnte, ich würde keinen Menschen mehr töten. Damit schützte er mich vor der ETA - der Auftrag war ja ausgeführt - aber, vermutlich ohne es zu wissen, brachte er meinen Bruder um!"

„Haben Sie Manuel daraufhin angesprochen?"

„Nein, ich habe ihn gar nicht mehr gesehen und auch nicht mehr gesprochen. Ich war nie wieder bei der ETA. Ich kann nur vermuten, dass Manuel alles so dargestellt hat, dass ich meinen Auftrag ordnungsgemäß erledigt hätte und ich dafür eine Zeitlang Ruhe vor der ETA hatte. Wir hatten untereinander keine Adressen oder Telefonnummern. Jeder hatte eine bürgerliche Existenz, von der die anderen gar nichts wussten, so dass man im Falle einer Festnahme auch nichts ausplaudern konnte. Da ich nicht mehr zu den Treffen ging, hatte ich jeden Kontakt zur ETA-Zelle verloren. Ich hatte aber natürlich eine Heidenangst, dass ich doch eines Tages Besuch bekommen würde - entweder von der ETA oder von der Kriminalpolizei. Schließlich hatte ich am Tatort meine Fingerabdrücke hinterlassen und war vielleicht von jemandem gesehen oder sogar von verhafteten ETA-Genossen verraten worden. Ich wollte nur noch weg, weit weg, wollte alles hinter mir lassen."

„Sind Sie von der Polizei verhört worden?"

„Erstaunlicherweise nur einmal. Ich musste zur Identifizierung der Leiche meines Bruders kommen und hatte ein längeres Gespräch mit dem Kommissar, dem ich natürlich nur das Notwendigste erzählt habe. Bei der Beerdigung lernte ich dann Blanca kennen ..."

Maria schaut zu ihrer Freundin hinüber, die freundlich lächelt. „Blanca ist die Ehefrau des einen der beiden Geschäftsfreunde von Tomas. Wir trafen uns ein paar Mal und erzählten uns gegenseitig unsere Geschichten. Sie war die Einzige, die von alldem erfahren hat und zu der ich die ganze Zeit Kontakt gehalten habe. Wenn ich sie damals nicht kennen gelernt hätte, wäre ich bestimmt nicht mehr am Leben. Sie wollte von ihrem Ehemann weglaufen, nachdem er ihr immer wieder untreu geworden war und außer seinem Fitness-Studio für sie und die beiden Töchter nicht viel übrig hatte. Wir planten zusammen die Flucht nach Portugal. Wegen der Kinder blieb sie vorerst in Spanien, verließ aber ihren Mann und zog nach Santander. Von dort aus versorgte sie noch einige Zeit meine Wohnung in Castro Urdiales, so dass es in den ersten Jahren gar nicht auffiel, dass ich nicht mehr dort wohnte. Offiziell war ich noch bis 1985 dort gemeldet. Dann meldete sie meine Wohnung dort ab."

„Was war mit Ihrem Mann?"

„Mein Mann und ich lebten unser eigenes Leben. 1982 wohnte er schon hauptsächlich in Biarritz, die Wohnung in Castro lief auf meinen Namen, wenn er in der Gegend war, übernachtete er bei Freunden, Liebhabern oder im Hotel. Wir sahen uns praktisch nicht mehr und hatten uns auch nichts zu sagen. Er wollte in Ruhe gelassen werden, hatte immer wieder Affären mit jungen Männern. Ich wollte mit ihm nichts mehr zu tun haben."

„Wissen Sie denn, ob er sich zur Tatzeit in der Gegend aufgehalten hat?"

„Nein, das kann ich Ihnen nicht sagen. Es gab keine Hin-weise darauf."

„Haben Sie mal daran gedacht, dass er eventuell als der Mörder Ihres Bruders in Betracht kommen könnte?"

Maria Gonzáles Mund zuckt fast unmerklich und sie wird blass um die Nase herum. „Nein, wieso auch? Er kannte meinen Bruder ja noch nicht einmal, soviel ich weiß jedenfalls. Was hätte er für ein Motiv gehabt, ihn umzubringen?"

„Um Sie zu schützen vielleicht?"

„Nein, das passt gar nicht. Ezcurra konnte charmant sein, liebenswürdig. Aber er war ein Egoist, wie er im Buche steht, eigentlich drehte sich alles nur um ihn und die Befriedigung seiner persönlichen Bedürfnisse. Er wusste ja nichts von meinen Verstrickungen und Schwierigkeiten, er hatte auch kein besonderes Interesse an mir, warum hätte er für mich seinen Kopf riskieren sollen?"

„Vielleicht nicht für Sie, aber für die ETA? Wäre das möglich, dass Sie beide, ohne voneinander zu wissen, in der ETA aktiv waren?"

„Das klingt absurd. Ezcurra interessierte sich, wie gesagt, nur für sich. Wenn es so gewesen wäre, hätte er sich perfekt getarnt. Aber ..."

Maria Gonzáles schaut nachdenklich vor sich hin, man sieht, wie sie ihre Gedanken sortiert: „Aber es würde vielleicht einiges erklären. Er hatte immer Geld, obwohl er als Teilzeit-Bademeister in Biarritz bestimmt kein Vermögen verdiente. Er war immer unterwegs im Baskenland, im spanischen wie im französischen. Und er versuchte 1985 in Portugal mit mir Kontakt aufzunehmen. Warum, hab ich nie erfahren, er starb durch eine Autobombe, wie Sie ja schon wissen."

„Könnte es sein, dass jemand versucht hat, das Treffen zwischen Ihnen und Ihrem Mann zu verhindern?"

„Ich war doch gar nicht mehr wichtig für die ETA, was konnte ich denn nach den drei Jahren noch verraten? Ich war keine Gefahr mehr für die ETA, obwohl ich natürlich immer noch Alpträume und Panikattacken hatte."

„Es wurde ja auch Ezcurra getötet, nicht Sie. Warum?"

„Das weiß ich auch nicht. Ich weiß nur, dass keiner meinen Aufenthaltsort wusste, nicht einmal meine Eltern, nur Blanca, und die hätte sich eher die Zunge abgebissen als mich zu verraten!"

Maria schaut wieder zu ihrer Freundin hinüber, die zur Bestätigung ernst nickt. Pagnol wendet sich nun an Blanca: „Senhora Blanca, wann sind Sie nach Portugal gezogen?"

„Ich wohne erst seit sieben Jahren hier in Albufeira. Meine beiden Töchter haben inzwischen längst eigene Familien, ich bin fünffache Großmutter und fahre hin und wieder zu Besuch nach Asturien. Manchmal kommen die Töchter auch mal hierher, um Sonne und Strand zu genießen. Dort oben im Norden ist es im Sommer oft ganz schön regnerisch und kühl. Ansonsten lebe ich hier und genieße meinen Ruhestand. Maria und ich haben hier jeder unser Häuschen, wenn wir uns treffen, dann hier oder am Strand."

„Haben Sie jemals Kontakt zu Ezcurra gehabt?"

„Nein, ich kenne ihn gar nicht, nur von Marias Erzählungen her."

Pagnol wendet sich wieder an Maria Gonzáles: „Senhora Gonzáles, nannte sich Ihr Mann eigentlich auch Gonzáles?"

„Nein, nie. Er hieß Ezcurra und bei der Hochzeit hat jeder von uns seinen Namen behalten."

„Aber Sie heißen ja eigentlich La Vega?"

„Richtig, aber in Spanien habe ich mir den Namen meiner Großmutter zugelegt. Seitdem heiße ich Gonzáles."

„Haben Sie Ezcurra gesehen 1985?"

„Nein, ich bekam einen Brief von ihm. Er schrieb mir, er würde zu mir kommen und müsste unbedingt mit mir sprechen. Ich wunderte mich, woher er meine Adresse hatte und war besorgt, was das alles zu bedeuten hatte.

Dann wurde ich von der Polizei besucht, sie sagten mir, dass ein Gonzáles in der Nähe von Odeceixe von einer Autobombe getötet wurde. Sie wollten wissen, ob das ein Verwandter von mir wäre. Als ich „Autobombe" hörte, bestritt ich jede Bekanntschaft. Ich wusste, Autobomben waren eine Spezialität der ETA und hatte schreckliche Angst, da wieder hineingezogen zu werden. Es blieb nicht viel von ihm übrig, nur der Ausweis, und dort stand zwar Gonzáles, aber die Daten stimmten mit denen von Ezcurra überein.

Ich war damals ein einziges Nervenbündel. Meine ganze Vergangenheit holte mich auf einen Schlag wieder ein. Ich flüchtete zu meinen Eltern, erzählte ihnen nicht alles, aber ein bisschen. Ich hatte den Eindruck, der Anschlag galt mir. Der Name Gonzáles in Verbindung mit einer Autobombe - das war schrecklich. Ich versteckte mich monatelang bei meinen Eltern, die mich versorgten und wieder aufpeppelten, bis ich mich langsam etwas beruhigt hatte. Zum Glück blieb alles friedlich seitdem. Ich habe den Eindruck, man hat mich dort oben in Spanien inzwischen vergessen. Darüber bin ich gar nicht traurig. Als Sie vor der Tür standen, bekam ich einen riesigen Schreck. Aber ich habe das Gefühl, ich kann Ihnen vertrauen!"

Pagnol versichert Maria Gonzáles, dass ihr Vertrauen gerechtfertigt sei, während der Wirt einen Schnaps einschenkt. Jaschek bemerkt, dass der Schnaps in Deutschland fällig würde, wenn man seine Rechnung bezahlen solle, aber der Wirt erklärt ihnen lachend, sie könnten von ihm aus die ganze Nacht weiter dort sitzen und erzählen. Es ist allerdings inzwischen wirklich spät geworden. Deshalb ordert Jaschek die Rechnung und bezahlt, die beiden Damen werden herzlich verabschiedet, Telefonnummern werden ausgetauscht, und Jaschek, Schorsch und Pagnol machen sich auf den kurzen Weg zu ihrer Pension, wo sie tief und fest schlafen.

Flughafen Bilbao

Nach einem späten Frühstück beschließen die drei Männer, einen schönen Strandspaziergang zu unternehmen, dabei alles zusammenzutragen, was sie erfahren haben und daraus ihre Schlüsse zu ziehen. Sie sind sich sehr schnell darüber einig, dass sie in Portugal nicht viel mehr erfahren können, als das, was sie jetzt bereits wissen. Deshalb wollen sie zurück nach Bilbao fliegen, wo ihr Auto steht. Anschließend will Pagnol Jaschek und Schorsch zu sich nach Marseille einladen.

Sie bekommen Tickets für den nächsten Tag, machen noch einen schönen entspannten Strandtag in Albufeira mit abendlichem Fischessen und Umtrunk, bevor sie am nächsten Morgen nach Faro fahren, ihren Mietwagen zurückgeben und im Flughafen einchecken. Portugal verabschiedet sich mit schönster Sommersonne. In Bilbao erwartet sie bewölkter Himmel, die Temperaturen sind um einiges niedriger als an der Algarve. Sie ziehen die Reißverschlüsse ihrer Jacken hoch bis zum Kragen und machen sich auf dem Flughafenparkplatz auf den Weg zu Schorschs Auto. Merkwürdigerweise steht es nicht auf dem Platz, wo es nach der Erinnerung der drei hätte stehen sollen. Sie müssen eine ganze Weile suchen, ehe sie es entdecken. Als sie auf den Peugeot zusteuern und Schorsch gerade seinen Arm ausstreckt, um mit seinem Schlüssel die Zentralverriegelung zu öffnen, hält Pagnol ihn plötzlich am Arm fest und ruft: „Nicht öffnen, Schorsch! Vorsicht!" Schorsch blickt ihn verwundert und erschrocken an und fragt: „Was ist los, Pagnol?" Alle drei stehen jetzt etwa zehn Meter von Schorschs Auto entfernt und Jaschek und Pagnol starren abwechselnd auf Pagnol und auf das Auto. Pagnol sagt eine ganze Weile gar nichts, dann bittet er die beiden, mit ihrem ganzen Gepäck umzukehren und sich erst einmal ins Flughafencafé zu setzen, er müsse dringend telefonieren.

Schorsch und Jaschek gucken völlig verdattert, der Schreck über Pagnols vehementes Eingreifen sitzt ihnen noch in den Gliedern, aber sie befolgten brav Pagnols Anweisungen und machen es sich im Café bequem. Es dauert sehr lange, ehe Pagnol vom Telefonieren zurückkommt, aber er sieht wieder ganz entspannt aus und grinst vergnügt: „Schlechte Nachrichten, Jungs! Wir müssen heute Nacht einen Zwischenstopp im Flughafenhotel einlegen! Ich habe gerade für uns Zimmer reserviert!"

„Kannst du uns bitte mal erklären, was eigentlich los ist?"

„Mit deinem Auto stimmt was nicht, Schorsch! Ich habe mit Tomillo in Laredo telefoniert, er schickt uns einen Spezialisten, der den Wagen untersucht. Ich hatte plötzlich das dumme Gefühl, wir würden mit deinem

Wagen in die Luft fliegen. Und das wär doch schade, Jaschek hat schließlich Familie!"

Pagnol grinst wie ein Honigkuchenpferd, während Jaschek und Schorsch ihn mit offenem Mund anstarrten. „Ist das dein Ernst, Pagnol? Du meinst, da hat jemand an dem Wagen herumgefummelt?"

„Ja, ich war mir plötzlich ganz sicher. Der Wagen stand nicht mehr dort, wo wir ihn abgestellt hatten. Das ist doch seltsam, oder? Den hat jemand bewegt in der Zwischenzeit. Ob da nun eine Bombe drunter ist oder nur die Bremsleitung durchtrennt wurde, wer weiß? Das soll der Spezialist jetzt mal überprüfen."

In diesem Augenblick klingelt Pagnols Handy. Pagnol spricht ein paar spanische Sätze, legt dann auf und verkündet den beiden: „Tomillo ist in einer Stunde hier und bringt jemanden mit, der sich das Auto anschaut. Wir sollen in der Zeit schon mal unser Gepäck ins Hotel bringen und den Angstschweiß aus der Stirn wischen. Kommt!"

Im Hotel legt sich Jaschek erst einmal aufs Bett, während Schorsch sich ausgiebig duscht. Als er ins Schlafzimmer kommt, ist Jaschek schon eingeschlafen. Er träumt sehr unruhig, dreht sich hin und her, stöhnt, brabbelt unverständliche Laute und atmet schwer. Schorsch geht nach nebenan und klopft bei Pagnol, um sich ein wenig abzulenken. Er merkt, dass er auch nach seinem ausgiebigen Duschbad immer noch sehr angespannt ist. Schließlich hatte er ja vorhin die Fernbedienung zu seinem Auto schon in der Hand, es hätte wirklich nur eine halbe Sekunde gefehlt und er hätte auf den Knopf gedrückt. Pagnol versucht ihn zu beruhigen, aber der Hinweis, dass die meisten Autobomben erst hochgehen, wenn die Zündung betätigt wird, beruhigt ihn nicht wirklich. Auch der Osborne nicht, den Pagnol ihm aus seiner Minibar anbietet.

Als Pagnols Handy klingelt, reagiert Schorsch so verschreckt, dass Pagnol ihm die Hand beruhigend auf die Schulter legt, während er sich mit Tomillo, der gerade angekommen ist, an der Rezeption verabredet. Er bittet Schorsch, Jaschek zu wecken, während er schon einmal hinuntergeht. Als Schorsch in sein Hotelzimmer kommt, sitzt Jaschek schweißgebadet aufrecht im Bett und starrt ihn mit weit aufgerissenen Augen an: „Was machst du denn hier?" Schorsch setzt sich auf die Bettkante und nimmt Jascheks Hand: „Du hast schlecht geträumt, Jaschek, was? Geh doch erst einmal duschen und dann erzählst du mir deinen Traum, ja?"

Während Jaschek in der Dusche verschwindet, ruft Schorsch Pagnol an und teilt ihm mit, dass es noch ein bisschen dauern würde, bis sie herunterkämen, sie sollten nicht warten. Pagnol findet das nicht weiter schlimm und erzählt ihm, dass sie jetzt erst einmal mit dem Spezialisten zum Auto gehen würden.

„Hast du denn meinen Autoschlüssel, Pagnol?"

„Den hab ich dir vorhin abgenommen, Schorsch, weißt du nicht mehr? Ich wollte nicht, dass du vor Schreck doch noch draufdrückst!"

„Ich denke, die Bombe geht erst hoch, wenn das Zündschloss betätigt wird?"

„Was weiß ich, was die sich ausgedacht haben? Sicher ist sicher!"

„Wo finden wir euch nachher? Beim Auto?"

„Beim Auto oder im Café. Ich weiß nicht genau, ob der Spezialist lieber alleine arbeiten will."

Als Jaschek aus der Dusche kommt, wirkt er immer noch leicht verstört und hat einen glasigen Blick in die Ferne. Es ist fast so, als würde er Schorsch erst gar nicht bemerken, der auf seinem Sessel hockt und zu Jaschek hinüberguckt. Doch dann setzt er sich fertig angezogen Schorsch gegenüber und fragt: „Haben wir noch Zeit?"

„Pagnol guckt schon mit Tomilla und seinem Spezialisten nach dem Auto. Wir treffen uns dann hinterher. Erzähl ruhig, wir können da unten jetzt eh nichts ausrichten."

Jaschek sieht Schorsch an, gibt sich einen Ruck und erzählt dann seine schlimmen Träume: Er ist im Traum von der ETA gejagt worden, die ihn in die Luft sprengen wollte und war ständig auf der Flucht vor seinen Verfolgern, die er gar nicht kannte, und von denen er nicht wusste, wie sie aussahen, wie viele es waren und was sie überhaupt von ihm wollten. Er musste dauernd seine Identität wechseln und war immer in Angst und Schrecken. Er wusste nicht mehr, wem er trauen konnte und wo er noch hin sollte, egal, wohin er ging, die ETA folgte ihm auf Schritt und Tritt. Es war fast, als wollten sie ihn psychisch zermürben, bevor sie ihn endgültig vernichteten. Er zitterte am ganzen Körper, konnte nicht mehr schlafen und wünschte sich fast, sie würden ihn endlich erwischen, damit alles ein Ende hatte.

Die Identitäten, die er annahm, waren die aus dem Fall, den sie lösen wollten: Er war plötzlich Forcadas, der in seinem Auto von hinten erdrosselt wurde, er war Ezcurra, der auf dem Weg zu seiner Ex-Frau in Portugal mit seinem Auto in die Luft geflogen war, und trotzdem machte er im Traum immer noch weiter, wurde weiter gequält und gejagt und sehnte das Ende herbei. Maria kam auch vor und ihre Freundin Blanca, aber er konnte sie nicht erreichen. Es war eine unsichtbare Wand zwischen ihnen, sie nahmen ihn gar nicht wahr. Er erkannte im Traum plötzlich, dass er ja schon tot war, und dass ihn die anderen deshalb nicht sehen konnten, weil er für sie unsichtbar war. Er stand schon auf der anderen Seite und hatte keine Möglichkeit mehr, das Geschehen zu beeinflussen oder Kontakt aufzunehmen. Mit diesem Gefühl der Verlassenheit und schrecklichen Einsamkeit war er hochgeschreckt, als Schorsch ins Zimmer gekommen war.

„Da kam ich ja gerade richtig. Hast du Details gesehen im Traum, als du Forcadas warst oder Ezcurra?"

„Da fragst du was. Ich merke gerade, ich war beide Personen gleichzeitig. Ich war Ezcurra, der Forcadas von hinten erdrosselt hat. Mit einer Gitarrensaite. Ich hab sie aus meiner Jackentasche geholt. Ich hab gleichzeitig die Saite von hinten zugezogen und war Forcadas, der erdrosselt wurde und seinen Mörder im Rückspiegel gesehen hat. Ich hab gleichzeitig keine Luft mehr bekommen, bin blau angelaufen und voller Panik weggerannt, habe alles offen stehen lassen. - Dann war ich nur noch Ezcurra, denn Forcadas war ja tot."

„Und? Was hast du gemacht?"

„Ich bin geflohen, weit weg, mit dem Auto. Ich wollte mit dem allem nichts mehr zu tun haben, wusste aber, die sind mir auf der Spur. Ich wollte Maria sprechen, aber ich erreichte sie nicht. Ich erreichte gar keinen mehr. Und dann setzte ich mich ins Auto, drehte den Zündschlüssel um, und bumm! flog ich in die Luft. Ich schaute mir selbst dabei zu, wie ich in blutige Stücke gerissen wurde und wie die Autoteile durch die Luft flogen und die Scheiben in tausend kleine Splitter zerfielen. Es war schrecklich."

„Hast du gesehen, wer die Autobombe montiert hat?"

„Nein, wie sollte ich das sehen? Dann wäre ich doch nicht eingestiegen. Aber ich wusste die ganze Zeit, die ETA verfolgt mich, ich hatte aber keine Ahnung, wer das war. Ich kannte keine Gesichter, es waren dunkle Schatten, die mich verfolgten, Schatten, denen ich nicht entkommen konnte. Es war völlig aussichtslos, ich hatte keine Chance, mein Leben lag in deren Händen."

Jaschek stiert noch eine Weile vor sich hin, schaut dann hoch zu Schorsch hinüber und sagt: „Es tut mir leid, dass ich dich mit dem ganzen Mist behellige. Aber ich habe seit meiner Kindheit keinen Traum mehr erlebt, der mich so mitgenommen hat. Entschuldige bitte."

„Du brauchst dich nicht zu entschuldigen, und es ist auch kein Mist. Vielleicht war es wirklich so? Ezcurra als abtrünniger ETA-Agent, der seine Frau retten will, indem er deren Bruder umbringt, und dann schließlich vor der Kontaktaufnahme mit Maria in die Luft gesprengt wird? Von der ETA? Aber warum? Was konnte er verraten, außer, dass er selbst der Mörder ihres Bruders war? Oder hatte doch sie ihn umgebracht, aus Rache für den Mord an ihrem Bruder? Sie wusste ja, wie man Autobomben baut."

„Also, in meinem Traum war immer die ETA im Hintergrund, aber ich sah nie, wer die ETA war. Und Maria war hinter dieser Glaswand. Ich konnte sie sehen, aber sie sah mich nicht. Ich war ja tot."

Jaschek trinkt das Wasserglas leer, das Schorsch ihm hingestellt hat, schüttelt sich und sagt dann: „Ich glaub, ich brauche jetzt einen richtig starken Kaffee, damit ich wieder zu mir komme. Komm, lass uns runter ins Café gehen und schauen, was die anderen so treiben!"

„Das hört sich gut an, du klingst wieder wie der alte Jaschek. Ich hab mir schon richtige Sorgen um dich gemacht, so wie du vorhin ausgesehen hast!"

Im Café sehen sie Tomillo und Pagnol an einem Ecktischchen sitzen und setzen sich dazu. Tomillo hat von Pagnol schon die wichtigsten Ergebnisse ihrer Erkundungen in Portugal erfahren und begrüßt Jaschek und Schorsch fast freundschaftlich. Gerade als die beiden ichren Kaffee bestellt haben, kommt ein schnauzbärtiger Spanier mit auffällig schlanken Fingern zu ihnen an den Tisch. Man sieht ihm nicht an, dass er unter ein Auto gekrochen und diverse ölige Einzelheiten genauestens inspiziert hat. Er bestellt sich ebenfalls erst einmal einen Kaffee, bevor er ihnen die Ergebnisse seiner Inspektion mitteilt:

„Meine Herren, es war keine Autobombe an ihrem Auto befestigt. Trotzdem war es richtig, dass Sie uns verständigt haben, es hat Ihnen wahrscheinlich das Leben gerettet. Ihre Bremsleitung ist manipuliert worden. Es war keine Bremsflüssigkeit mehr vorhanden, Sie hätten in einer der nächsten Kurven heftige Schwierigkeiten bekommen, Ihren Wagen zu stoppen."

„Haben Sie irgendwelche Spuren gefunden? Oder deutet die Art der Ausführung auf bestimmte Täter hin?" fragt Pagnol.

„Sie meinen die ETA? Eher nicht, mir ist jedenfalls kein Fall bekannt, in der die ETA Bremsleitungen manipuliert hat. Aber ich wüsste auch sonst niemanden, der sich auf solche Manipulationen spezialisiert hätte. Ich kenne das eigentlich eher aus Kriminalfilmen. Verwertbare Spuren gab es vermutlich keine, ein paar Fingerabdrücke hab ich genommen, die brauchen aber nicht unbedingt von den Tätern zu stammen. Wie lange hat der Wagen hier gestanden?"

„Eine knappe Woche. Und wir sind sicher, dass er bewegt wurde."

„Das ist allerdings merkwürdig. An den Türen sind keine Manipulationen zu sehen. Sie haben den Wagen doch abgeschlossen?" Pagnol schaut zu Schorsch hinüber, der zustimmend nickt, dann aber einschränkt: „Hundert Prozent sicher bin ich mir natürlich nicht. Aber normalerweise schließe ich schon mein Auto ab, besonders, wenn es für längere Zeit in der Fremde herumsteht."

„Wie geht es denn jetzt weiter?"

Hier mischt sich Tomillo ein: „Ich werde einen Abschleppwagen rufen lassen, der das Auto zur Peugeot-Werkstatt in Bilbao schleppt. Ich werde dafür sorgen, dass Sie Ihren Wagen dort morgen Vormittag repariert bekommen, so dass Sie sicher wieder nach Frankreich zurückkehren können. Wenn Sie eine Anzeige gegen Unbekannt aufgeben wollen, müssen Sie das allerdings hier in Bilbao tun. Wir sind ja quasi nur privat hier."

„Meinen Sie denn, es würde etwas nützen, eine Anzeige aufzugeben?"

„Ehrlich gesagt nicht, nein. Es würde Sie vor allem Zeit und Nerven kosten."

„Vielen Dank Señor Tomilla, dass Sie uns so schnell und unbürokratisch geholfen haben."

„Ich habe zu danken, meine Herren. Der Mord von Laredo ist zwar noch nicht endgültig aufgeklärt, aber wir nähern uns der Wahrheit in kleinen Schritten. Ich denke, wir bleiben in Verbindung, sobald es neue Erkenntnisse gibt."

Mit diesen Worten erheben sich Tomilla und sein Filigrantechniker und verabschieden sich. Eine halbe Stunde später holt ein Abschleppwagen den Peugeot und schleppt ihn zur Werkstatt, wo die drei ihn am nächsten Tag abholen.

Marseille

Die Rückfahrt durchs Baskenland verläuft ohne weitere Zwischenfälle. Ein letztes Mal sieht Jaschek die baskischen Parolen an den Häuserwänden, Brücken und Straßenschildern. Irgendwo hier steckt noch jemand, der mehr weiß über Forcadas und Ezcurras Tod. Irgendwo steckt jemand, der gemerkt hat, dass sie dieser alten Geschichte auf der Spur sind, dass sie Kontakt mit Maria Gonzáles aufgenommen haben - und es passt ihm nicht. Irgendwo gibt es hier jemanden, der fürchtet, es könnte etwas ans Tageslicht gelangen, das jahrelang sicher im Dunkel gewesen ist. Aber wer ist es? Wenn es nicht der große Unbekannte ist oder ein Handlanger der alten, versprengten ETA-Gruppe, wer kann es dann sein? Maria? Hat sie geschickt von sich abgelenkt und die drei auf die falsche Fährte gelockt? Sie kann beide Morde begangen haben, sie war an beiden Orten zur Tatzeit und sie hätte auch für beide Morde ein Motiv: Den Mord an ihrem Bruder musste sie ausführen, um nicht selbst verdächtig zu werden bei ihren ETA-Genossen. Und Ezcurra, der ihr und ihrem Geheimnis auf der Spur war, musste sie ausschalten, um nicht entdeckt zu werden.

Oder war es am Ende gar nicht Ezcurra, der dort durch die Bombe zerrissen wurde? War es ein anderer, der Maria in Portugal aufgespürt hatte und sie zur Rechenschaft ziehen wollte? Und lebt Ezcurra am Ende doch noch, vielleicht sogar in Portugal und in der Nähe seiner Ex-Frau? Sind sie vielleicht dort an der Algarve vor seiner Nase hin- und herspaziert? Hat er seinen Abgang aus dieser Welt doppelt inszeniert: einmal in Biarritz und dann, zur Sicherheit noch einmal, in Portugal? Was hat Maria gesagt: Es war nicht viel von ihm übrig geblieben nach der Explosion der Autobombe, nur der Ausweis, und bei dem stimmte der Name nicht.

All diese Fragen gehen Jaschek durch den Kopf, während sie das spanische Baskenland verlassen und durchs französische Baskenland Richtung Marseille fahren. Einmal zeigt Pagnol nach rechts in die Berge und sagt, dass dort irgendwo das Dorf seiner Kindheit liegt. Ansonsten ist es sehr still im Auto. Alle hängen ihren Gedanken nach. Als Jaschek seine Überlegungen ausspricht, ist es fast so, als hätten alle drei die gleichen Gedanken gehabt. Ihre Schlussfolgerungen ähneln sich und Pagnol bringt es auf die Formel: „Wir sind auf der richtigen Spur, es fehlt nicht mehr viel, auch wenn wir die Lösung noch nicht sehen. Wir brauchen noch etwas Geduld, meine Lieben. Wir haben viel erlebt, viel erfahren, einige Geheimnisse gelüftet und vor allem jede Menge Spaß dabei gehabt, findet ihr nicht auch? Und ich habe zwei Freunde gefunden, die ich bei mir zu

Hause in Marseille richtig verwöhnen werde. Und vielleicht habe ich dort noch eine kleine Überraschung für euch, wer weiß ..."

Pagnol schaut sehr geheimnisvoll, und so sehr die beiden anderen versuchen, einen kleinen Zipfel der angekündigten Überraschung zu lüften, er bleibt bei seinen Andeutungen und hat anscheinend großen Spaß daran, Schorsch und Jaschek noch ein bisschen zappeln zu lassen. Auf jeden Fall ist die grüblerische und etwas düstere Atmosphäre, die bei den Gedankenspielen vorher geherrscht hat, endgültig verflogen und einer ausgelassenen und fröhlichen Stimmung gewichen. Alle freuen sich, als nach langer Pyrenäenfahrt endlich das Mittelmeer zu sehen ist. Mit viel Musik und Gelächter bewältigen sie den letzten Teil der Fahrt, bis sie spätabends müde, aber gut gelaunt in Marseille ankommen und in Pagnols geräumiger und gemütlichen alten Stadtwohnung in die Betten fallen.

Am nächsten Morgen werden sie mit einem typisch französischen Frühstück geweckt. Pagnol hat leckere Croissants bei seinem Bäcker geholt, die sie in schöne, große Boules mit Milchkaffee tunken. Der Orangensaft ist frisch gepresst und die Stimmung gut. Pagnol zeigt ihnen stolz seine Heimatstadt, besonders den Hafen. Man merkt ihm an, dass er gerne dort lebt und arbeitet: „Schließlich bin ich hier seit meiner Jugendzeit nie mehr richtig weggekommen, aber ich habe gemerkt, dass ich diese Stadt brauche, auch wenn sie laut und dreckig ist."

Als sie abends ausgelassen bei einem opulenten Menü beisammen sitzen, klingelt plötzlich Pagnols Handy. Er entschuldigt sich und zwinkert Schorsch und Jaschek zu, bevor er den Tisch verlässt, um ungestört zu telefonieren. Als er wiederkehrt, grinst er breit, fast unverschämt: „Ja, Jungs, haltet euch fest, jetzt kommt die Überraschung!"

Jaschek fällt fast das Essen aus dem Mund, er hat inzwischen völlig vergessen, dass Pagnol ja noch eine Überraschung angekündigt hat. Er stottert: „Woher weißt du das eigentlich immer schon im Voraus, welche Überraschungen noch kommen? Hast du magische Kräfte oder hellseherische Fähigkeiten, Pagnol? Mir ist das ein bisschen unheimlich. Ich denke manchmal, du wusstest von vornherein alles, und präsentierst uns jetzt die Auflösung des Ganzen."

Pagnols Grinsen wird immer breiter, er geht nicht auf Jascheks Fragen ein, sondern kommt sofort auf den Anruf zu sprechen: „Wollt ihr denn gar nicht wissen, wer angerufen hat?"

Natürlich wollen sie das wissen, je eher desto besser.

„Also, was soll ich lange herumreden - der Anruf kam von Ezcurra ..."

Jetzt fällt Schorsch das Essen aus dem Mund und die Gabel auf den Boden. Jaschek verschluckt sich und bekommt vom Husten einen krebsroten Kopf. Beide sind nicht fähig, nachzufragen, sondern starren nur ungläubig auf Pagnol, der die kleine Szene sichtlich genießt. Nach einer dramatisch verlängerten Kunstpause setzt er fort: „Entschuldigung, dass ich euch erschreckt habe! Also, um genau zu sein, kam der Anruf nicht von Ezcurra selbst. Aber er bestätigt meinen lange gehegten Verdacht, dass Ezcurra trotz zweimaligem aufwendig inszenierten Abgang immer noch lebt. Ich hatte in den letzten Tagen ein Telefonat mit Inspektor Rozin aus Montpellier, der mir bestätigte, dass das jahrelang nicht angerührte Guthaben von über einer Millionen Francs schon vor längerem umgebucht worden ist. Da nur Ezcurra und seine Frau Maria Gonzáles Zugriffsrechte hatten, muss einer von ihnen das Geld zur Seite geschafft haben. Die Bank wollte oder konnte keine weitere Auskunft geben, schließlich handelt es sich nicht mehr um aktuelle Mordermittlungen.

Gestern nach der Landung bekam ich einen Anruf von Blanca. Sie warnte mich vor Ezcurra, vermutete, dass Maria und Ezcurra noch Kontakt hätten und er über unser Gespräch höchstwahrscheinlich informiert wurde. Sie nahm ihre Freundin Maria in Schutz. Sie meine es bestimmt nicht böse und mache sich bestimmt nicht klar, in welche Gefahr sie uns durch den Informationsaustausch mit Ezcurra bringe. Sie, Blanca, sei überzeugt, dass Ezcurra ein brutaler und gewissenloser Krimineller sei, der vor nichts zurückschrecke. Aber Maria hätte leider den Kontakt zu ihm nie abgebrochen. Daraufhin war ich dann in erhöhter Alarmbereitschaft auf dem Flughafenparkplatz."

„Zum Glück! Damit hast du uns wahrscheinlich das Leben gerettet!"

„Blanca hat uns das Leben gerettet, würde ich sagen. Ich musste ihr hoch und heilig versprechen, dass wir Maria nichts von ihrem Anruf erzählen."

„Und wer hat dich gerade angerufen?"

„Der Anruf, den ich gerade bekommen habe, kam von Kommissar Tomilla, ich hatte ihn um Rückruf gebeten. Er lässt euch alle sehr herzlich grüßen und erkundigt sich besorgt, ob wir auch gut angekommen seien. Er bestätigt mir, dass Ezcurra bei der spanischen Polizei kein unbeschriebenes Blatt war, man konnte ihm aber anscheinend nie etwas Schwerwiegendes nachweisen. Nach der Biarritz-Geschichte galt er in Spanien als tot oder verschollen. Tomilla bestätigte mir auch, dass im Auto oder an der Leiche von Tomas keine Fingerabdrücke von Maria oder sonst wem gefunden wurden. Es war also ein Profi am Werk. Und er bestätigte mir, dass ein Manuel Gonzáles in Spanien wegen ETA-Aktivitäten in Spanien jahrelang im Gefängnis saß, 1985 entlassen wurde und dann spurlos verschwand. Der Autobombenmord wurde der spanischen Polizei gemeldet, allerdings wurde kein Ausweis gefunden, nur der Hinweis, dass sich der Tote als Gonzáles beim Mietwagenverleih eingetragen hatte. Da der Tote nicht identifiziert werden konnte, gab es die Vermutung, dass es sich hierbei um Manuel Gonzáles handeln könnte. So richtig traurig war aber anscheinend niemand, dass ein ehemaliger ETA-Mann durch eine Bombe zerfetzt worden war."

Jaschek und Schorsch sitzen mit aufgerissenen Augen da und starren Pagnol an. Man kann sehen, wie es in ihren Köpfen arbeitet. Schorsch findet zuerst aus der Sprachlosigkeit zurück: „Das heißt also, der Tote in Odeceixe war Manuel, der Maria und Ezcurra auf der Spur war?"

„Das wäre gut vorstellbar. Er wollte den Mörder von Tomas finden. Warum? Um ihn zu erpressen? Bevor er ihn finden kann, wird er Opfer eines Attentats. Oder nachdem er ihn gefunden hat?"

„Du sprichst immer von ‚der Mörder'. Glaubst du, dass Ezcurra für beide Morde verantwortlich ist? Und welche Rolle hat Maria?"

„Ich vermute, dass Ezcurra beide Morde auf dem Gewissen hat, ja. Und ich vermute weiter, dass Maria in beide Morde verstrickt ist, bestenfalls als Mitwisserin, schlimmstenfalls als Auftraggeberin und Gehilfin. Klar ist, dass sie uns nicht die ganze Wahrheit erzählt hat. Der Tote von Odeceixe war definitiv nicht Ezcurra. Ezcurra lebt und ist immer bestens informiert. Auch der Mord von Laredo hat sich nicht so abgespielt, wie sie uns berichtet hat. Sie war garantiert nicht alleine in dem Auto, das hinter Tomas und seinen Kumpanen herfuhr."

„Aber warum sollte Ezcurra Tomas ermorden? Maria hing doch an ihm. Er war schließlich ihr Bruder!"

„Maria hat uns ja nicht von A bis Z angelogen. Sie hat uns viel von sich preisgegeben. Erinnert ihr euch daran, wie sie von ihrem Bruder gesprochen hat? Sie hat ihn bedingungslos geliebt, und diese Liebe ist in Hass umgeschlagen. Er hat sie verlassen, hat sie auf den falschen Pfad geführt. Er hat die Ideale, die sie sich angeeignet hat, nur ihm zuliebe und um ihm nachzueifern, schmählich verraten. Aus dem geliebten und bewunderten Bruder ist ein Verräter, ein Waffenschieber, ein Bordellbesucher geworden. Vielleicht wollte sie ihn anfangs wirklich retten, aber als sie ihn mit seinen Saufkumpanen aus dem Bordell torkeln sah, war der letzte Rest von Sympathie aufgebraucht. Dies war nicht mehr ihr Bruder! Habt ihr gesehen, wie ihre Augen funkelten, als sie davon sprach? Sie war so aufgebracht, sie musste erst einmal zur Toilette gehen, um sich wieder zu beruhigen."

„Aber wie kam Ezcurra in ihr Auto?"

„Wie auch immer ihre Beziehung zu dem Kleinkriminellen und schwulen Bademeister mit Beziehung zur Grenzpolizei war, sie scheint ihn eingeweiht und um Hilfe gebeten zu haben. Dadurch hat sie sich natürlich von ihm abhängig gemacht. Sie hat ihn geheiratet, weil ihr das als Tarnung für ihre ETA-Arbeit nützlich erschien. Sie hat irgendwann gemerkt, dass er vor allem kleine Jungs liebte. Aber sie hat bestimmt auch gemerkt, dass er ihr weiterhin von Nutzen sein konnte. Er hat die Drecksarbeit für sie gemacht."

„Meinst du, sie hat im Auto gesessen, während Ezcurra ihren Bruder erdrosselte?"

„Ich bin ziemlich sicher, dass sie es nicht selbst gemacht hat. Sie wird auch nicht an seinem Auto gewesen sein. Ich kann mir nicht vorstellen, dass sie mit Handschuhen ihren Bruder erwürgt hat. Man tötet nicht den eigenen Bruder. Nein, das hat sicherlich ihr sauberer Ex-Ehemann erledigt, während sie Wache gehalten hat. Dass sie danach fertig war mit den Nerven, kann ich mir gut vorstellen, da könnte ihre Schilderung durchaus realistisch sein. Sie wirkt ja nicht wie eine eiskalte Mörderin. Vielleicht wurde ihr danach erst so richtig bewusst, was sie getan hatte. Vielleicht hat sie Ezcurra sogar dafür gehasst, dass er ihren Bruder ermordet hat. Aber er hat in ihrem Auftrag gemordet.

Im Gegensatz zu ihr behielt er scheinbar die Nerven und den Überblick, denn er tat noch mehr für sie: Er verfolgte den deutschen Hippie und brachte ihn sicher über die Grenze, damit er der spanischen Polizei keine belastenden Details zum Tathergang preisgeben konnte. In Biaritz schlug er ihn anschließend in die Flucht und verwischte gleichzeitig seine eigenen Spuren, machte sich unsichtbar. Er muss Maria tatsächlich sehr gern gehabt haben, nach allem, was er für sie tat! Auch wenn sie geschieden waren. Auf jeden Fall hatten sich Ezcurra und Maria nach dieser Aktion gegenseitig in der Hand."

„Es ist unglaublich, in was für eine Geschichte ich da geraten bin!" staunt Jaschek mit weit aufgerissenen Augen und nicht nur vom Wein geröteten Gesicht. Es hält ihn kaum mehr auf seinem Platz, er weiß nicht, wohin mit seinen Händen und rauft sich abwechselnd die Haare und putzt seine Brille.

„Du meinst also, Ezcurra hatte noch das Blut von Tomas an seinen Händen, als er mich fröhlich in seinem Sportwagen über die Grenze nach Biarritz gebracht hat? Er hätte mich genauso eiskalt ermorden können! Wer hätte einen unbekannten Tramper in Südfrankreich vermisst? Mir wird jetzt noch ganz anders, wenn ich daran denke! Statt dessen hat er so getan, als wolle er mich verführen, um mich endgültig aus der Schusslinie zu bringen? Oder wollte er vorher nur noch ein bisschen Spaß haben?"

Hier schaltet sich Schorsch wieder ins Gespräch ein: „Ezcurra war ja vermutlich kein Serienmörder, der jeden Tag jemanden umbringen musste, damit es ihm gut ging. Und dass du wegliefst, machte die Sache doch einfacher für ihn, da brauchte er keine Leiche zu entsorgen. Du hast einfach Schwein gehabt, mein Lieber, der Mörder wollte bloß ein bisschen mit dir spielen! Hat er sich eigentlich nicht mit dir über Laredo unterhalten? Um herauszubekommen, ob du vielleicht irgendetwas mitbekommen hast von dem Mord?"

„Nein, daran kann ich mich nicht erinnern. Sonst hätte ich ja auch eine Verbindung hergestellt zwischen ihm und den seltsamen Ereignissen in Laredo. Darauf wäre ich doch im Leben nicht gekommen, ich war ja völlig überrascht, dass es eine Verbindung gab zwischen Laredo und Biarritz. Was ich nicht verstehe: Warum hat Maria uns angelogen? Sie kam mir so vertrauenswürdig vor. Und die Taten sind doch längst verjährt!"

„Maria muss Ezcurra decken. Wer weiß, was der sonst noch alles auf dem Kerbholz hat. Deshalb hat sie versucht, uns von Ezcurra wegzulenken. Und es ist sicher auch nicht leicht zuzugeben, dass man an zwei Morden mitschuldig ist. Das soll kein anderer wissen. Ob Blanca wohl ahnt oder weiß, dass ihre Freundin eine Mörderin ist? Es könnte sein, dass sie glaubt, Ezcurra hätte diese Morde allein zu verantworten. Sie versucht einfach, diesen Bösewicht von ihrer Freundin Maria fernzuhalten."

Im weiteren Verlauf des Abends werden die Möglichkeiten, die ihnen jetzt bleiben, erörtert. Keiner würde mehr für die Morde zur Rechenschaft gezogen werden können. Die Rolle Jascheks als Statist in einem Kriminalfilm, von dessen Existenz er selbst keinen blassen Schimmer hatte, ist weitgehend geklärt. Er war genau zur falschen Zeit am falschen Ort. Aber bei allem Überschwang der Gefühle bleibt auch eine nicht zu unterschätzende Portion Angst. Ezcurra bleibt weiterhin gefährlich, weil er auf keinen Fall entdeckt werden will und alles dafür tun wird, damit dies nicht geschieht. Deshalb ist es wichtig, ihm zu signalisieren, dass man kein Interesse hat, ihn aufzuspüren. Auch um Pagnol zu schützen, der sich in Marseille noch gefährlich dicht in der Reichweite von Ezcurras Aktionsspielraum befindet.

Pagnol bringt es auf den Punkt: „Am Ende zeigt es sich doch, dass dieses Gefühl von Jaschek, aus Versehen durch eine Filmkulisse zu laufen, richtig war. Wir haben das Drehbuch noch nicht ganz entschlüsselt, aber wir wissen, dass es existiert und dass mittlerweile nicht nur Jaschek, sondern wir alle drei Teil dieser Inszenierung sind. Wir sollten jetzt allerdings gucken, dass wir schleunigst wieder von der Bühne runter und hinter die Kulissen geraten, denn wir haben nicht sieben Leben wie die Katzen oder drei Leben wie Ezcurra."

Pagnol will am nächsten Tag noch einmal mit Blanca telefonieren. Von Maria hat er eine Telefonnummer bekommen, die nicht funktioniert, was bestimmt kein Zufall ist. Aber die Botschaft an Ezcurra kann Blanca bestimmt an Maria weitergeben. Pagnol will auch Tomilla den neuesten Erkenntnisstand mitteilen. Er wird sich bestimmt freuen zu hören, dass seine Theorie richtig war: Die beiden baskischen Geschäftsleute hatten nichts mit den Morden zu tun und sind im Nachhinein rehabilitiert. Mit dieser Botschaft wird er bestimmt gelassener in seinen Ruhestand gehen.

Bei all diesen Gesprächen sind einige Flaschen Wein geleert worden. Das anfängliche Erschrecken und die Überraschung über die ungeahnten Wendungen verwandeln sich in Genugtuung und Stolz, dass die meisten Puzzlesteine jetzt einigermaßen plausibel zusammenpassen, auch wenn noch einige Fragen offen bleiben. Man könnte sagen, dass sich mit jedem Schluck des tiefgründigen französischen Rotweins Genugtuung und Stolz immer mehr in Freude und Überschwang verwandeln und der rationale Disput zu einer fröhlichen und ausgelassenen Feier mutiert. Am sehr späten Abend, oder besser sehr frühen Morgen, als die Worte nur noch schwer über die Lippen kommen, kommt Jaschek noch einmal auf die Frage, die ihn die ganze Zeit immer wieder beschäftigt hat:

„Espagnoll,wwasichnichverstehe - garnichverstehe: Wwweshalbwusstesduimmeralless? Wiemachsdudasss?"

„Jaschek, mon ami, du weißt das doch auch. Die Wirklichkeit existiert nur in deinem Kopf, sonst nirgends. Du musst ihn nur nutzen."

„DumeinsssindeinemKopfisallesdrinnn? BisssdueinZzzaubererodersowas?"

„In d e i n e m Kopf, Jaschek, da ist alles drin. Und wenn du den benutzt, kommen erstaunliche Dinge ans Tageslicht. Weißt du noch, was du geträumt hast in der Zelle?"

„Dahasdumichsokomischangeguckt!"

„Vergiss, wie ich geguckt habe, Jaschek. Das war nicht wichtig. Dein Kopf war wichtig. Die Bilder waren in deinem Kopf, Jaschek. Die Wirklichkeit entsteht im Kopf. Du hast alles gesehen, nicht ich. Als du geträumt hast, warst du allein. Ich war mit Schorsch Kaffee trinken und einkaufen, während du im Traum gehört hast, dass da noch ein zweites Auto über die Brücke fuhr."

„Ssstimmt. Undduwusstestnix?"

„Nichts, ich hatte keine Ahnung, was in deinem Kopf ist. Aber ich habe geahnt, dass da was ist, was uns weiterhelfen wird." Jaschek nickt ungläubig, Schorschs schwerer Kopf liegt schon auf dem Tisch. Pagnol steht auf: „Kommt, Kinder, lasst uns schlafen gehen. Morgen ist auch noch ein Tag!"

Heimfahrt

Während Jaschek und Schorsch am nächsten Vormittag mit einem heftigen Brummschädel ihre Sachen zusammenpacken, telefoniert Pagnol vormittags mit Blanca in Albufeira. Sie weint, weil Maria ganz überraschend ihre Sachen gepackt hat und fortgegangen ist. Sie hat Blanca nur eine Nachricht hinterlassen, dass sie für eine Weile weg müsse. Blanca solle sich keine Sorgen machen und ab und zu nach ihrem Haus sehen, sie würde sich bei Gelegenheit wieder melden. Blanca macht sich aber große Sorgen, dass sie mit Ezcurra zusammen unterwegs sein könnte, das täte ihr nicht gut. Ihre Handynummer würde nicht mehr funktionieren, ja, das hätte sie auch schon festgestellt.

Sie überlegt ernsthaft, wieder zurück zu gehen nach Spanien zu ihren Kindern und Enkelkindern. Sie sehne sich seit Jahren zurück in ihre Heimat, und wenn Maria nicht mehr bei ihr wäre, würde sie nichts mehr halten in Portugal. Vor allem diesen Ezcurra, diesen dunklen Schatten von Maria, wolle sie ein für alle Mal loswerden. Sie wolle Laredo wiedersehen und die Berge und die Küste von Kantabrien. Ja, sie werde Maria die Botschaft für Ezcurra weitergeben, sobald sie wieder Kontakt zu ihr habe. Das mit dem Auto in Bilbao tue ihr schrecklich leid, sie sei froh, dass ihre Warnung gerade noch rechtzeitig kam und ihnen nichts passiert sei. Sie sollen bitte nicht denken, dass sie mit diesen schlimmen Dingen irgendetwas zu tun habe.

Auf der gemeinsamen Autofahrt nach Montpellier erzählt Pagnol auch von seinem Anruf bei Tomillo. Er findet die neuen Erkenntnisse zum Tathergang in Laredo „völlig verrückt, aber plausibel" und es freue ihn, dass die beiden baskischen Geschäftsfreunde von Tomas damit entlastet sind, auch wenn es für den einen schon zu spät kommt und der andere verschwunden ist. Von der Geschichte mit der Autobombe hat er als einfacher Dorfpolizist damals leider nichts erfahren, die Meldung ist wohl sofort an das Spezialkommando der Polizei gegangen, das sich mit der ETA beschäftigte.

Schorsch will im Gegensatz zu Jaschek noch einige Tage in seinem Häuschen am Herault in Ruhe verbringen, ehe er die Rückfahrt antritt. Jascheks Reisezeit dagegen ist abgelaufen und er hat starken Zug nach Hause, wo Frau und Kinder schon darauf warten, ihn nach seiner abenteuerlichen Reise wohlbehalten wiederzusehen. In einem Café verabschieden Jaschek und Schorsch sich überaus herzlich von Pagnol. Sie versprechen, in Kontakt zu bleiben und vielleicht im nächsten Sommer mal einen richtigen Urlaub miteinander zu verbringen, ohne Verbrecherjagd, nur so zur Erholung. Anschließend begleitet Jaschek Schorsch zu seinem Häuschen am Herault, dort steht sein Fiesta. Er verbringt dort die Nacht, verabschiedet sich am Morgen von seinem Freund und fährt auf die Autobahn Richtung Heimat. Die neue EC-Karte, die er beantragt hat, ist inzwischen bei Schorsch eingetroffen, jetzt kann nichts mehr passieren. Er fährt gleich an der ersten Tankstelle heraus, um zu tanken und die neue Karte auszutesten. Zur Sicherheit hat ihm Schorsch zwei 50-Euroscheine mitgegeben.

Diesmal weiß er sofort, welches Benzin er wählen muss und das Bezahlen mit der neuen Karte klappt wie am Schnürchen. Als er zurück zum Fiesta geht, hat er ein Déjà-vu. Er sieht eine ihm wohlvertraute Gestalt mit einem roten Lockenkopf an seiner Beifahrertür stehen, die ihm diskret zuwinkt. Er zwickt sich in den Arm, um zu testen, ob er träumt. Das gibt's doch wohl nicht, wieder an einer Tankstelle! Aber er merkt, dass sein Herz Bocksprünge macht. So sehr freut er sich, sie zu sehen. Madeleine setzt ihr schönstes Lächeln auf und fragt:

„Hi Jaschek, can you bring me away from here?"

„Where ever you want, Madeleine! I am happy to see you! Come in, please!"

Im Auto ist es, als sei die Zeit stehen geblieben, als seien diese Tage dazwischen gar nicht wirklich passiert. Madeleine zwitschert fröhlich und zwinkert ihm zwischendurch immer mal mit ihren grünen Augen zu, als wollte sie sagen: *Vergiss alles, was dazwischen war! Wir beide fahren hier durch die Sonne Südfrankreichs und amüsieren uns prächtig, so war es, so ist es und so wird es immer sein!* Sie will in den Norden, zu Freunden nach Belgien für eine Zeit, bis die Aufregung sich etwas gelegt hat. Nein, Julio wäre noch nicht wieder raus, aber sie könne ihm nicht dadurch helfen, dass sie in der Gegend bleibt und sich auch verhaften lässt. Er brauche nur einen guten Anwalt...

Jaschek gibt ihr die Adresse von Pagnol und sagt ihr, sie solle schön von Jaschek grüßen, dann würde er bestimmt sein Bestes tun, um Julio zu helfen. Ob es denn stimmen würde, dass sie Drogen und Medizin und falsche Pässe schmuggeln würden?

„Jaschek, glaub mir, mit Drogen haben wir nichts zu tun! Haben sie dir das erzählt? Wir helfen Marokkanern, nach Frankreich einzureisen mit gefälschten Pässen, das stimmt. Aber es sind Leute, die in einer Notlage sind, manchmal Familienmitglieder, die nicht zu ihrer Familie in Frankreich reisen dürfen. Wir machen keine schmutzigen Geschäfte. Wir helfen, Jaschek, das musst du mir glauben! Oder meinst du, ich wäre eine Verbrecherin?"

Madeleine schaut Jaschek so an, dass ihm ganz anders wird.

„Nein, Madeleine, niemals würde ich das glauben. Aber was ist mit der Medizin?"

„Die Leute in Marokko bekommen bestimmte Medikamente nicht, weil sie dort nicht erhältlich oder sehr teuer sind. Wir bringen sie rüber. Natürlich müssen wir auch dafür Geld nehmen, denn wir sind ja keine reichen Leute. Aber wir nehmen einen fairen Preis."

„Wie oft habt ihr das schon gemacht?"

„In diesem Jahr zweimal, das wäre jetzt das dritte Mal gewesen. Aber es sollte nicht sein. Ich werde das auch nicht mehr machen, das Risiko ist einfach zu hoch. Ich möchte nicht in den Knast gehen, ich will etwas haben vom Leben. Aber dieser Entschluss fällt mir schwer, sehr schwer. Ich habe zwei Wochen gebraucht, aber jetzt bin ich so weit. Ich muss woanders noch mal von vorne anfangen."

„Madeleine, was bist du eigentlich von Beruf?"

„Ich hab keinen richtigen Beruf. Ich wollte eigentlich Ärztin werden, habe aber keinen Studienplatz bekommen. Dann hab ich halt gejobbt, in der Krankenpflege, mal hier mal da, und irgendwann hab ich das Medizinstudium aus den Augen verloren und mich stattdessen in der Flüchtlingshilfe engagiert. Du siehst ja, mit welchem Ergebnis."

Madeleine blickt traurig zu Jaschek herüber. Der kann das gar nicht gut aushalten, dass Madeleine traurig ist und versucht, sie aufzumuntern: „Du kannst doch ganz bestimmt noch das Medizinstudium nachholen? Du bist doch noch jung!"

„Ja, ich weiß bloß nicht so genau, ob ich das überhaupt noch will. So lange studieren, das ist schon heftig. Die Freundin, zu der ich jetzt fahre, die studiert Medizin in Leuven, sie hat in Frankreich auch keinen Studienplatz bekommen. Ich werde mir das mal angucken und mich vielleicht dort bewerben. In Frankreich geht's ja nicht mehr, da werde ich gesucht."

„Vielleicht ist Deutschland für dich sicherer als Belgien, wegen Auslieferung und so?"

„Jaschek, ich kann doch kein Deutsch. In Belgien kann ich Französisch sprechen. Außerdem hoffe ich, dass ich irgendwann auch wieder nach Frankreich zurückkann, nach Südfrankreich. Ich brauche das, ich werde im Norden eingehen wie eine - wie sagt man bei euch?"

„Wie eine Primel, das ist eine Blume."

„Ja, ich werde den Kopf hängen lassen und die Blätter."

„Das wäre sehr schade, Madeleine. Aber ich glaube, du solltest Pagnol fragen, ob er auch für dich herausbekommen kann, unter welchen Umständen du zurückkehren kannst. Vielleicht ist ein freiwilliges Geständnis strafmildernd oder führt zu einer Bewährungsstrafe? Pagnol ist ein guter Anwalt und ein sehr schlauer Kopf. Er weiß oder ahnt manchmal Dinge, die eigentlich kein anderer wissen kann. Ich hatte sogar einige Male den Eindruck, er könne Gedanken lesen."

Jetzt lacht Madeleine wieder und ihre grünen Augen blitzen lustig: „Dann ist er bestimmt der richtige Anwalt für mich. Ich kann nämlich auch Gedanken lesen!"

„So? Was denke ich denn gerade?"

„Das ist nicht schwer, Jaschek, man sieht es dir ja richtig an. Du denkst …" Jetzt zieht sie die Nase kraus und verstellt ihre Stimme, so dass sie tief klingen soll wie Jascheks Bass:

„Diese Madeleine ist doch ein nettes Mädchen. Schön, dass sie jetzt wieder lacht und nicht mehr so traurig guckt, das halte ich gar nicht gut aus. Ich will immer weiter mit ihr in diesem Auto fahren. Schade, dass sie nicht mit nach Deutschland kommen will, denn dort wird sie sein wie eine - wie eine traurige Blume. Aber mein Freund Pagnol wird dafür sorgen, dass sie wieder eine fröhliche Sonnenblume wird!"

Madeleine muss von der Anstrengung, tief zu sprechen und dabei die Nase kraus zu machen, prusten vor Lachen, deshalb sieht sie nicht gleich, dass Jaschek knallrot angelaufen ist. Als sie sich wieder beruhigt hat, kommentiert er:

„That was quite good, Madeleine, but you forgot something!"

„Oh? Is that so?"

„Jaschek is thinking: It's Thursday again, jeudi, my lucky day. I`m sitting here in my old German car with the prettiest French girl you can imagine. She has a very sweet voice which makes my heart singing all the time ..."

Madeleine lacht Jaschek an: „Oh, singing, right! Come on, let us sing something, Jaschek!"

Reisekarte

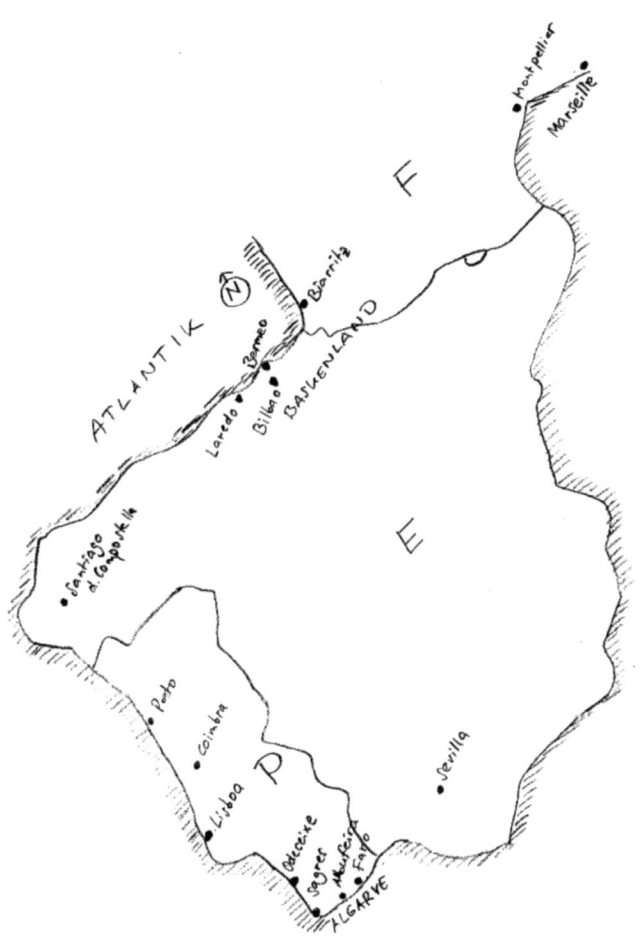

Inhalt

Madeleine 7
Montpellier 16
Komplikationen 22
Alleine 27
Jeudi 34
Bademeister, Basken und Bären 48
Forcadas 66
Der Anwalt aus Marseille 71
Tagtraum 76
Herault 85
Baskenland 89
Bermeo 96
Laredo 100
Portugal 109
Albufeira 119
Cabo de Sao Vicente 124
Odeceixe 134
Serra de Monchique 147
Señora Gonzáles 155
Marias Geschichte 160
Flughafen Bilbao 176
Marseille 185
Heimfahrt 196
Reisekarte 203

Erdmann Kühn ist in Berlin geboren und aufgewachsen und hat in Köln Kunst und Musik studiert. Er lebt im Rheinland, arbeitet als Lehrer und in der Lehrerfortbildung. Er ist Musiker, Chorleiter, singt, komponiert, arrangiert und schreibt.

Neben „Jascheks Reise" sind von Erdmann Kühn erschienen: „Himmel und Erde – Vaters Tagebücher 1926 – 1946" und die drei Bücher der Friedel Trilogie „Der Junge auf der Schaukel", „Abschied von Berlin" und „Mein Kopf, der ist ein Zimmer".